把快樂當傳染病

三毛
Echo Legacy

而我們又想起了妳。

—總編的話—

像沙漠裡吹來的一陣風，像長夜裡恆常閃耀的星光，像繁花盛放不問花期，像四季更迭卻不曾遺忘各自的美麗。是三毛，她將她自己活成了最生動的傳奇。是三毛筆下的故事，豐盛了我們那一片枯槁的心田。

三十年了，好像只是一轉眼，而一轉眼，她已經走得那麼遠，遠到我們的想念蔓延得越來越深邃。

是這樣的想念，驅使我們重新出版「三毛典藏」，我們將透過全新的書封裝幀，吸引更多讀者走進三毛的文學世界。「三毛典藏」一共十一冊，集結了三毛創作近三十年的點點滴滴：《撒哈拉歲月》記錄了她住在撒哈拉時期的故事，《稻草人的微笑》收錄她從沙漠搬遷到迦納利群島前期，與荷西生活的點點滴滴。《夢中的橄欖樹》則是她在迦納利群島後期的故事，她追憶遠方的友人，並抒發失去摯愛荷西的心情。

除此之外，還有《快樂鬧學去》，收錄了三毛從小到大求學的故事。《流浪的終站》裡的三毛回到了台灣，她寫故鄉人、故鄉事。《心裏的夢田》收錄三毛年少的創作、對文學藝術的評論，以及最私密的心靈札記。《把快樂當傳染病》則收錄三毛與讀者談心的往返書信，《奔走在日光大道》記錄她到中南美洲及中國大陸的旅行見聞。《永遠的寶貝》則與讀者分享她最心愛、最珍惜的收藏品，以及她各時期的照片精選。《請代我問候》是她寫給至親摯友的八十五封書信，《思念的長河》則收錄她所寫下的雜文，或抒發真情，或追憶過往時光。

她所寫下的字字句句，我們至今還在讀，那是一場不問終點的流浪，同時也是恆常依戀的鄉愁。三毛曾經這樣寫：「我願將自己化為一座小橋，跨越在淺淺的溪流上，但願親愛的你，接住我的真誠和擁抱。」親愛的三毛，這一份真誠，依然明亮，這一個擁抱，依然溫暖。如果我們的眷戀有回聲，如果我們依然對遠方有所嚮往，如果我們對萬事萬物保有好奇——那也許只是因為，我們又想起了妳。

—導讀—

三毛傳奇與三毛文學。

明道大學中文系講座教授 陳憲仁

三毛寫作甚早，年輕時即曾在《現代文學》、《皇冠》、《中央副刊》、《人間副刊》、《幼獅文藝》等發表文章。但真正踏上寫作之路，應該是一九七四年與荷西在西屬撒哈拉沙漠結婚後，寫下一系列「沙漠故事」才算開始。

三毛的《撒哈拉歲月》是中文世界裡，首次以神秘的撒哈拉沙漠為背景的作品，對於長期蟄居在台灣島國的人，無異開啟了寬闊的視野，加上她的文筆幽默生動，內容豐富有趣，從第一篇〈沙漠中的飯店〉發表之後，即造成轟動，後來更掀起了巨浪般的「三毛旋風」。

一九七九年十月至十二月，《讀者文摘》在澳洲、印度、法國、瑞士、西班牙、葡萄牙、墨西哥、南非、瑞典等國以十五種語言刊出三毛的〈一個中國女孩在沙漠中的故事〉；《撒哈拉歲月》這本書的翻譯本，一九九一年有日文版；二〇〇七年有大陸版；

二〇〇八年有韓文版；二〇一六年有西班牙文版及加泰隆尼亞文版；二〇一八年有波蘭文；二〇一九年有荷蘭文、英文、義大利文、緬甸文；二〇二〇年有挪威文。另外，個別篇章也有越南文、法文、捷克文等譯文相繼出現，可見三毛作品在國際間確有一定的分量。

大家提到三毛，想到的可能都是她寫的撒哈拉沙漠故事的系列文章，其實三毛一生的作品，包括小說、散文、雜文、隨筆、書信、遊記等有十八本，翻譯四種，有聲書三冊，歌詞錄音帶三捲，電影劇本一部。體裁多樣，篇數繁多，顯現她的創作力不僅旺盛，且觀照範圍遼闊。

在三毛過世三十年之際，我們回顧三毛作品，重讀三毛作品，可以以文學的角度、文學的樂趣來閱讀、來發現，則三毛作品中優秀的文學特性，如對人的關懷與巧妙的文學技巧，將能處處顯現。

我們看《撒哈拉歲月》裡，三毛寫〈沙巴軍曹〉的人性光輝：一位西班牙軍曹，因為弟弟在西班牙軍人被撒哈拉威人大屠殺的慘案中死了，仇恨啃咬了十六年的人，卻在一群撒哈拉威孩子誤觸爆裂物、面臨最危急的時候，用自己的生命撲向死亡，去換取他一向視作仇人的撒哈拉威孩子的性命。

又如〈啞奴〉，三毛不惜筆墨，細細寫黑人淪為奴隸的悲劇，寫其善良、聰明、能幹、愛家愛人，對於身處這樣環境下的卑微人物，三毛流露了高度的同情，也寫出了悲憤的人道抗議。

再如〈哭泣的駱駝〉，書寫西屬撒哈拉原住民——撒哈拉威人爭取獨立的努力與困境，呈現其命運的無奈、情愛的可貴，著實令人泫然！

而在中南美洲旅行時，她對市井小民的記述尤多，感嘆更深，哀傷更巨。當進入貧富差距大、人民生活困苦的國家，她的哀感是「青鳥不到的地方」，當她在教堂前面看到：一位中年男人、白髮老娘、二十歲左右的青年、十幾歲的妹妹，都用膝蓋在地上向教堂爬行，慢慢移動，全家人的膝蓋都已磨爛了，只是為了虔誠地要去祈求上天的奇蹟。

「看著他們的血跡沾過的石頭廣場，我的眼淚迸了出來，終於跑了幾步，用袖子壓住了眼睛。坐在一個石階上，哽不成聲。」

凡此，均見三毛為人，富同情心，具悲憫之情，對於苦痛之人、執著之人，常在關懷之中，她與人同生共活、喜樂相隨、悲苦與共。

三毛作品的佳妙處，當然不只特異的題材內容，不只流露的寬闊胸懷，還有她巧妙的寫作技巧。

我們看她的敘述能力、描寫功夫，都是讓人讀來，愛不釋手的原因。就以三毛自己很喜歡的《撒哈拉歲月．荒山之夜》為例，這篇文章寫三毛與荷西到沙漠尋寶，荷西出了意外，陷入沼澤中，三毛憑著機智與勇氣救出荷西。其文學技巧高妙處，約略言之，即有如下數端：

一、伏筆照應：

三毛把荷西從泥沼中救出來的東西「長布帶子」，是因為她穿了「拖到腳的連身裙」，才能將「長裙割成長布帶子」；荷西上岸後免於凍死，是因三毛出門時「順手拿了一個皮酒壺」。當後面出現這些情節，看到這些東西時，我們才恍然大悟，為什麼前面作者要描寫穿的衣服及順手抓起的東西？這種「草蛇灰線」的技巧，三毛作品中，隨處可見。

二、氣氛鋪陳：

當三毛與荷西的車子一進入沙漠，兩人的談話一再出現「死」字、「鬼」字，如：「上次幾個嬉皮怎麼死的？」、「死寂的大地像一個巨人一般躺在那裡，它是猙獰而又凶惡的。」、「我在想，總有一天我們會死在這片荒原裡」、「鬼要來打牆了。心裡不知怎的覺得不對勁」。

成功的營造氣氛，不僅讓讀者有身歷其境的感覺，也是作品成功的要件。

三、高潮迭起：

三毛善於說故事，故事的精采則奠基於「高潮迭起」。〈荒山之夜〉即是這樣的作品，高潮與低潮不斷的湧現：三毛數度找到救星，卻把自己陷入險境；荷西數度陷入死亡絕境，卻又次次絕處逢生。情節緊扣，讓人目不暇給，喘不過氣。

三毛作品除了「千里伏線」、「氣氛鋪陳」、「高潮起伏」等技巧之外，還有一項「情景交融」，運用得更好更妙，像：

〈娃娃新娘〉，出嫁時的景象：「遼闊的沙漠被染成一片血色的紅」，象徵即將面臨的婚姻暴力。

〈荒山之夜〉，荷西陷在泥沼裏，「沉落的太陽像獨眼怪人的大紅眼睛，正要閉上了」，平添蠻荒詭異的色彩。

〈哭泣的駱駝〉，三毛眼見美麗純潔的沙伊達被凌辱致死，無力救援，「只聽見屠宰房裡駱駝嘶叫的悲鳴越來越響，越來越高，整個天空，漸漸充滿了駱駝們哭泣的巨大的迴聲」，以強烈的聽覺意象取代情感的濃烈表達。

三毛這些「以景襯情」的描寫，處處可見可感，如：

一、寫喜：

「漫漫的黃沙，無邊而龐大的天空下，只有我們兩個渺小的身影在走著，四周寂寥得很，沙漠，在這個時候真是美麗極了。」

這是〈結婚記〉兩人走路去結婚的畫面，廣角鏡頭下的兩個渺小身影，襯出廣大的天地，世界是兩人的。此時的愉快心情，完全不必說。筆觸只寫沙漠「美麗極了」，正是內心美麗極了的「境由心生」，同時也是「以景襯情」的寫法。

二、寫愛：

〈愛的尋求〉，「燈亮了，一群一群的飛蟲馬上撲過來，牠們繞著光不停的打轉，好似這個光是牠們活著唯一認定的東西。」

三、寫驚：

〈哭泣的駱駝〉，當三毛知道沙伊達是游擊隊首領的妻子時，那種震驚，「黃昏的第一陣涼風，將我吹拂得抖了一下。」

四、寫懼：

（三毛聽完西班牙軍隊被集體屠殺的恐怖事件後）「天已經暗下來了，風突然厲裂的吹拂過來，夾著嗚嗚的哭聲，椰子樹搖擺著，帳篷的支柱也吱吱的叫起來。」

五、寫悲：

〈哭泣的駱駝〉，（三毛想到她的朋友撒哈拉威游擊隊長被殺的事件）「打開臨街的木板窗，窗外的沙漠，竟像冰天雪地裡無人世界般的寒冷孤寂。突然看見這沒有預期的淒涼景致，我吃了一驚，癡癡的凝望著這渺渺茫茫的無情天地，忘了身在何處。」

六、寫哀：

〈哭泣的駱駝〉，沙伊達被殺的地方是殺駱駝的屠宰房。「風，在這一帶一向是厲冽的，即使是白天來亦使人覺得陰森不樂，現在近黃昏的尾聲了，夕陽只拉著一條淡色的尾巴在地平線上弱弱的照著。」

三毛傳奇，一直是許多人津津樂道和念念不忘的。在三毛去世之後，兩岸也出現了不少三毛相關的傳記，足見她的魅力和影響歷久不衰，甚至於近年來，學院中亦陸續有以三毛為題的研究論文出爐，三毛作品的文學價值漸受重視，此刻回思瘂弦〈百合的傳說〉中說過的話：「紀念三毛最好的方式，還是去研究她的作品。」、「研究她特殊的寫作風格和美學品質，研究她強烈的藝術個性和內在生命力，才是了解三毛、詮釋三毛最重要的途徑。」相信，《三毛典藏》的出版，帶給大家的正是這樣的方向與契機！

三毛二三事。

三毛家人

「三毛」並不存在

在我們家中，「三毛」並不存在。

爸爸媽媽和大姐從小就稱呼她為「妹妹（ㄇㄟˇㄇㄟˊ）」；兩個弟弟喊她「小姐姐」；在姪輩的心中，她是一個稀奇古怪但是很好玩的「小姑」。

「三毛」這個名字從民國六十三年開始在《聯合報》出現，那些甚至連「三毛」的家人都沒經歷過的撒哈拉沙漠生活，讓我們的「妹妹」、「小姐姐」、「小姑」頓時成了大家的「三毛」；但即使在她被廣大讀者接受後的七十年代，家中仍然沒有「三毛」這個稱呼，大家一切如常，仍然是「妹妹」、「小姐姐」。儘管父母親實在以這個女兒為榮，但家人在外從來不會主動表示「三毛」是我的誰。記憶中，母親偶爾會在書店一邊翻閱女兒的書，一邊以讀者的身分問店家：「三毛的書好不好賣啊？」每當答案是肯定的，她總會開心的抿嘴而笑，再私下買兩三本三毛的書，自我捧場。父親則是有一次獨自偷偷搭火車，南下聽女兒在高雄文化中心的演講，到會場時發現早已滿座，不得其門而入，於是就和數千人一起坐在館外，透過擴音器聽女兒的聲音，結束後再帶著喜悅默默的搭火車回台北。

父親還會做一件事，就是幫女兒整理信件。當時小姐姐在文壇上似乎相當火熱，各地讀者雪片般的信件每月均有數百封。一開始，三毛總是一一親自閱讀，但到後來讀者來信實在太多，對身體不好的三毛成為極大的負擔；不回，則辜負了支持她的讀者的美意，一一回信，簡直不可能。於是父親就利用其律師工作之餘，每天花三四小時幫小姐姐拆信、閱讀、整理、分類、貼標籤，再寫上註記，標明哪些是要回的、哪些是收藏的。十多年來甘之如飴，這是父親用行動表示對女兒的愛護。而這十幾大箱讀者的厚愛與信中藏著的喜怒悲歡，已在小姐姐葬禮中全部火化讓她帶走。

「三毛」是她的光圈，但在我們看來，那些名聲對她而言似乎都無所謂。她的內在一直是陳平，一個誠實做自己、總是帶著點童趣的靈魂。她走過很多地方，積累了很多豐富的經歷，但也因為這些經歷、辛苦和離合，她的靈魂非常漂泊。對三毛的好朋友們、三毛的讀者，和身為三毛家人的我們來說，我們各自或許都看到了、理解了、感受了某一個面向的三毛，但又沒有人能真正看透全部的她。因此我們各自保有對她不同的記憶，用各自的方式想念她。這些記憶或許看似瑣碎，但是對我們來說，是家人間最平凡也最珍貴的回憶。在此身為家人的我們，願意和大家分享這些記憶，做為我們對她離開三十年的懷念。

從小就不同

「小姐姐」在我們家是一個說故事的高手。三十多年了，關於她，我們家人總有一個鮮明的印象：吃完晚飯後，全家人齊坐客廳，小姐姐把頭髮往上一紮，雙腿盤坐，手上拿一大罐面霜，一邊塗臉按摩，一邊「開講」她遊走各地的事。這些在一般人說來平凡無奇的經歷，從她口中講來則是精采絕倫，把我們唬得一愣一愣的。所以小姐姐總說自己是「說故事的人」，不是作家。

其實三毛從小就顯現她與眾不同的特點，譬如有一次她向母親討了點錢，去買了一支當時非常貴的馬頭牌花生口味的冰棒，然後抓著姐姐到離家不遠的一個山洞（防空洞）裏，把冰棒慎重的放到鐵盒做的香煙罐裏，說：「這裏涼涼的冰棒不會化，明年夏天我們就還有冰棒可以吃啊！」第二年的夏天，姐妹倆真的手牽手回到山洞裏，把已經發黃鏽掉的鐵罐挖出來，一打開，哇！只有黃黃濁濁的水。這是她從小可愛的一面，而這份童真在她一生中都沒有消逝。

另外當時我們重慶的大院子裏有個鞦韆，是她們姐妹倆喜歡去的地方。但因為院裏埋著一些墳墓，於是每到天黑姐姐便拉著妹妹想回家。但三毛從小膽子便大得很，總是在鞦韆上盪啊跳的，非摸黑不肯走。除了善良、憐憫、愛讀書，小姐姐同時勇敢、無懼又有反抗心，從小就很有想法，四個手足中，似乎只有她一個是翻轉著長的。她後來沒去上學，現在回想起來，在那個小小的年紀裏，我們自己對人生的態度已經不自覺的顯現出來了。

一切憑感覺

熟悉她的讀者或許記得，三毛曾在沙漠用棺材板做沙發。有時候想想，這個能用棺材板和輪胎把家裏布置得美輪美奐的女人是我的姐姐、陳家的女兒，我們都覺得不可思議。因為回到台灣以後她與爸媽同住，一間不到五坪大的房間，除了書桌、書架和床之外，一切可說非常簡單。但是在她自購的小公寓可就不一樣了，這個位在頂樓不大的鳥居，屋內所見幾乎全部是竹木製：木製牆面、木桌、木鳥籠（裏面裝著戴嘉年華面具的小丑）、竹籐沙發。對我們兄弟姐妹還有我們的小孩來說，那裏是個很特別的地方，完全散發著她個人獨特的美感。

除了家居布置，小姐姐手也非常巧，很會照顧身邊的人，和荷西在一起，可以把他養得白白胖胖，讓他天天想著吃「雨」（粉絲）。但對她自己來說，「吃東西」是非常無所謂且不重要的事，尤其在她專注寫作的時候。她在台北的家有冰箱，但常是空的。她工作起來可以沒日沒夜不吃飯不睡覺，所以我們家人經常買點牛奶、麵包、香腸、牛肉乾、泡麵放在裏面。記得有一次我們去看她，一打開冰箱，裏面空空蕩蕩，只有一條已經咬過幾口的生香腸。我們都大驚失色：「這是妳咬的嗎？」她說：「是啊！肚子餓了嘛！」

另一個她較不在意的便是金錢。小姐姐儘管文章常上雜誌報紙，但是稿費這部分，她一律不管，全部交給母親打理。她常說「我需要的不多」。事實也是如此，她最常穿的是一套牛仔工裝吊帶褲，塑膠鞋和球鞋，高跟鞋是很少上腳的。

不為人知的「能力」

在家中，基本上父母親是不喝酒的，即使應酬，也只是沾唇而已。但是這個二女兒不知是否得了祖父或外祖父的遺傳，她可以喝一整瓶白蘭地或威士忌不會醉倒。但她並不常喝，除非找到能一起說話的朋友。至於煙，小姐姐倒是抽得兇，每次去老家巷口的家庭式洗頭店，總是一邊說故事給老闆娘和其他客人聽，一邊手上一根根的抽，一個小時下來，可以抽上十來根，寫作的時候亦是如此。她抽煙總是用火柴而不用打火機，為的是燒火柴時那股「很好聞，有硫磺的味道」，同時燒火柴時「有火焰，有煙會散開，感覺很棒！」對她來說，火柴是記憶的一部分，會幫她增加靈感。

三毛記憶力很好，而這份記憶力或許在語言上也對她助益頗深。我們家父母親彼此說的是寧波話與上海話，到台灣以後，小姐姐日常說的是國語，但和二老講話時則換回這兩種語言。出生在四川的她除了四川話頗為流利，日後又和與她很親近的打掃阿姨學了純正的台灣話，完全不帶一點外省口音。她在台灣的日商公司短暫幫忙的日子中粗通了日文，並在出國後把西班牙文、英文、德文也統統收到自己的百寶箱中。中文和西班牙文是她這九種語言中最精通的兩種，每當父親有歐美的客戶或友人來台時，三毛總會幫著父親，讓大家賓主盡歡。

充滿愛的小姐姐

小姐姐一輩子流浪的過程中，或許都在尋找一份心裏的平安和篤定，好不容易有了荷西，他卻又撒手中途離去。除了荷西，小姐姐也很愛她的朋友們。三毛對朋友基本上無分男女、國籍、社會地位、有學問沒學問、知名不知名，一旦當你是朋友，她就拿心出來對你。她笨笨的、不會說捧人的話，但是對人絕對真誠，而且對不足的人特別的關心。她有很多很多的好朋友，而這些朋友對三毛的生命造成或大或小的影響。

不過她似乎習慣四處流浪，她說：「不要問我從哪裏來。」於是有了〈橄欖樹〉。當這首膾炙人口的歌不斷被翻唱之際，身為家人的我們除了為她驕傲，也為她心疼。她流浪的遠方不是一個我們能觸及的地方，但也因為是家人，我們比旁人更能看到她的快樂、傷痛和辛苦。另外一首最能代表她年輕的心情的歌則屬〈七點鐘〉，由三毛作詞，李宗盛作曲，描述年輕時約會的心情。詞裏寫道：「鈴聲響的時候，自己的聲音那麼急迫，是我是我是我……是我是我是我……」是啊！這就是我的小姐姐，這樣的小姐姐。

不再漂泊

對很多讀者來說，「三毛」，這個像吉普賽人的女子變魔術一樣的來到人間，寫下一篇篇故事，然後又像變魔術一般的離開。三十年了，三毛仍在你們的記憶中嗎？

在我們家中，「三毛」不存在，但是三十年前的那天，父母親和大姐口中的「妹妹（ㄇㄟˋㄇㄟˊ）」，我和我哥哥的「小姐姐」，走了。

我們很想念她。

儘管，我們不敢說真的完全理解她（畢竟誰又能真的理解誰），但是她非常愛我們，我們也非常愛她，對於家人的我們來說，足矣。對於她的驟然離世，父親有一段話，他說：「生命的結束，是一種必然，早一點晚一點而已，至於結束的方式就不那麼重要了。妹妹的離開，做父母親的固然極度的悲傷、痛心、難過、不捨，但是她的離開是我們人生的一部分，我們只能接受這個事實。妹妹豐富的一生高低起伏，遭遇大風大浪，表面是風光的，心裏是苦的。幸虧有家人和朋友的關懷，不然可能更早就走了。她曾經把愛散發給許多朋友，也得到很多回報，我們讓她好好的平靜的安息吧。」

如果有另一個世界，親愛的小姐姐，希望妳不再漂泊。

給小姐姐的一封信。

三毛弟弟　**陳傑**

小姐姐：

離開我們至今，已經三十個年頭了，還是很想念妳！每年都會去墓園跟妳和爹爹姆媽說說話，墓前總有不知名的讀者為妳獻上一束花；妳寫的故事，在一九七四年代後的二十年間，滿受讀者喜歡；本來想，一個人的盛名，總有凋零的一天，可是這麼多年過去，妳的書以及透過妳眼下看到的世界，反而在華文以外的國家開始受到矚目；除了不少國家詢問相關出版事宜，紐約時報、英國ＢＢＣ廣播公司所出的雜誌，還有Google都推文介紹「三毛」這位華人作者；然而以妳的個性來看，可能有點煩吧？妳從來都不是在意虛名或是耐煩生活瑣事的人，妳一直以來找尋的，總是靈魂的平安和滿足。身為弟弟的我，時不時想著，這些妳走過一生的紀錄，不如就讓它隨風而逝吧！只願妳與荷西在另一個時空裏，不受打擾地繼續兩人的愛戀情懷，這樣也好；世間事留給我們來處理，不去麻煩妳了。

二〇一八年，在妳與荷西結婚四十四年後，我們陳家人終於遠赴西班牙，拜訪了荷西一家人，這個緣分遲了幾乎半個世紀方才達成。荷西家人對我們很親切，為了一對離世的佳偶，兩家人將這個未嘗會面的缺口，補成一個圓滿的圓；從未到過西班牙的我們，儘管語言不通，透過比手畫腳、翻譯和老照片，兩家人在彼此的分享中，似乎又對妳與荷西的生命更了解了一些，就像是一本書的補遺，由於多了幾行字句，因而讓內容又變得圓滿了些。這樣的相見，是陌生但又溫暖的。我們兩家人不熟稔，但共同擁有一份思念。

另外和妳報告一下，我們也飛到大迦納利島和 La Palma 島，追憶妳和荷西曾經擁有的小房子，當地旅遊局特別在荷西潛水過世的地方，做了一個紀念雕塑，還出版了一本《橄欖樹與梅花》的書，來紀念妳這位異國女子在當地的生活片羽。這個曾在妳心中劃下深刻的快樂與苦澀的地方，現在它也把妳的面容永遠收藏了起來。在台灣，國立台灣文學館收藏了很多妳留下來的文物，並出了一本《三毛研究彙編》收集別人對妳的分析；在大陸，妳思之念茲的浙江舟山小沙鄉多年來做了很多與三毛有關的活動，像是「三毛祖居紀念館」、「三毛文學獎」等，還種植了橄欖樹林。四川重慶二〇一九年也設立了「三毛故居」，這些林林總總紀念三毛的方式，讓我們有點應接不暇，感恩但也疲於奔波。小姐姐，妳在乎嗎？天上與人間的想法也許是兩極的，但希望妳知道，不管是過去現在還是未來，我們家人總是以妳為榮，總是想保護妳，希望妳是歡喜的。爹爹姆媽在世時，也都感受到妳帶給他們的喜樂，挺好的。

妳的伯樂——平鑫濤先生也到天上去看妳了，要謝謝他的賞識，把三毛從殘酷的撒哈拉沙漠中挖掘出來，在世間成為一朵亮眼出眾的花；妳曾經對大姐說過：「姐姐，我的一生活得比妳精采十倍」，確是這樣；妳這顆「撒哈拉之心」，明亮過，消逝了，足以對世間說：好了，對嗎！

三十年，一個世代的過去，人們還記得這位第一個踏上撒哈拉沙漠的華人奇女子否？妳的一篇篇故事在他們心中還有回憶嗎？妳把生命都放下了，那些世間事何足留念，不必，不必，在天上再去做個沙漠新娘，讓自己開心一下，好嗎！

目錄

自愛而不自憐。

三毛大姐您好：

前些日子在城區部參加了您的座談，一直有股衝動想寫信給您，雖然料必此種來信您定看得不勝其煩，但相信您定能深切瞭解一個不快樂者的心情，因此很抱歉又給您增添麻煩，只希望能藉您的指點，給我精神上的鼓舞。

我是淡江夜間部的學生。基於那種對自我的期許，我參加了大學聯考。現在我正積極的準備托福，由於英文程度不挺好，因而讓自己搞得好累，有不勝負荷之感。出國留學的真正目的為何？我真的不知道，可能就只為了逞強吧！由於自小好勝心強，再加上感情的挫折，讓我一直有股「向上爬」的意願，三毛姐，別勸我放棄出國，因為這是不可能的。

在座談會中，您提到「我真的很不快樂」。我好感動，您知道嗎？因為我也覺得自己好孤單，好寂寞。三毛姐，您能否告訴我，是什麼力量支持您孤獨的浪跡天涯？您精神上的寄託為何？既然您不快樂，難道不曾想過以死做為解脫（很抱歉我直言）？

三毛姐，原諒我的用詞不當和辭不達意。我心裏一直很苦悶，但是沒人能指點我，再下去，準上松山精神病院。

三毛姐，不管您有多忙，請您務必給我回信好嗎？但，請您不要勸我放棄出國的念頭，我現在所需要的是您的鼓勵，我也想去嘗嘗那種獨在異鄉為異客的感覺。再次聲明，絕非意氣用事。

附上相片一張，看看我該是何種人物？當然最重要的，為了寄回相片您就得給我回信的，不是嗎？先謝了，三毛姐！

陳惠鳳

陳小姐：

妳的照片寄回，請查收。

為了討回這張照片而強迫一個人回信，是勉強他人的行為。可是看了內容之後，仍然感謝妳對我的信任，不由得想寫幾句話給妳。

妳的來信很不快樂，個性看似倔強，又沒有執著的目標和對象，對前途一片茫然，卻又在積極預備托福考試。

照片中的妳，看上去清秀又哀愁。沒有直直的站著，靠在一棵樹上。姿勢是靠著，感覺卻不能放鬆，不只是因為面對鏡頭，而是根本不能放鬆。兩手握著書本，不是扎扎實實的握，而是像一件道具似的在做樣子。

要我由照片中看看妳是什麼樣的人，這實在不很容易，可是妳的身體語言，畢竟也說明了一些藏著的東西。眼神很弱，裏面沒有確定的自信和追求。這一點，觀察十分主觀，請原諒。（我猜，這是一張妳自己較滿意的照片。）

事實上，沒有一個人是禁得起分析的，能夠試著瞭解，已是不容易了。

來信中，兩度提起：「別勸我放棄出國，這是不可能的。」事實上我並不認識妳，也沒有任何權利勸導別人的選擇。而妳，潛意識裏，可能對出國之事仍有迷茫，便肯定那一份否決會在我的回信中出現，因此自己便先問了，又替我回答了。（其實是妳自己在掙扎。）

妳說：「出國留學的真正目的可能就只是為了逞強。」我看了心裏十分驚訝。又說：「一直有股向上爬的意願。」而結論是，出國就是向上爬，又使我十二分的詫異。

在我的人生觀裏，向上爬，逞強，都不是以出不出國為準則的。我以為，不斷的自我突破，自我調整，自我修正，才是一生中向上爬的力量。

如果，一個人，在台灣不能快樂，不能有自信，那麼到了國外，便能因為出過國，而有所改變，有所肯定嗎？或者，是不是我們少數人，有著不能解釋的民族自卑，而覺得到國外去，便是一種自我價值的再肯定呢？很抱歉我的直言，因為妳恰好問到了我。

從另一個角度來看，能到國外去體驗一下不同的風俗人情，也是可貴的。至於「也想嘗嘗異鄉為客的感覺」，這個「也」字，其實並不可能每一個人都相同。再說，國外居，大不易，除了捕捉一份感覺之外，自己的語文條件、能力、健康，甚而謀生的本事，都是很現實而不那麼浪漫的事情，請先有些心理準備和認識才去。

是的，在座談會上，我曾經說過，我的日子不是每天都快樂，而且有時因為壓力大，非常不快樂。許多時候，我的不快樂，並不是因為寂寞，而是太多的「不得已」沒法衝破，太多的興趣和追求，因為時間不夠用，而不得不割捨。事實上，我十分安然於一本好書、一個長夜和一杯熱茶的寧靜生活。對於人生，這已是很大的福分，因為我們沒有生活在戰亂和極權統治的國家裏，這份自由，是我十分感激而珍愛的。不敢再多求什麼了，只求時間的安排上，能夠稍稍寬裕一點就好了。

是什麼支持我浪跡天涯？是求知欲，是自信，更是「萬物靜觀皆自得」的對大地萬物的那份欣賞。

妳又問我，不快樂的時候，有沒有想到過以死為解脫？我很誠實的答覆妳：有過，有過兩次。可是當時年紀小，不懂得——死，並不是解脫，而是逃避。

我也反問，一個叫我三毛姐姐的大學生：如果妳，有死的勇氣，難道沒有活的勇氣嗎？請妳，擔負起對自己的責任來，不但是活著就算了，更要活得熱烈而起勁，不要懦弱，更不要別人太多的指引。每一天，活得踏實，將分內的工作，做得盡自己能力之內的完美，就無愧於天地。

請不要怪責我這種回信的方法，孩子，妳太沒有自信，也太要聽別人的話了，有些自憐，更有些作繭自縛。請放開眼去望一望，這個世界上，有多少事物和人，是值得我們去真誠的付出，也值得真誠的去投入——這裏面，也包括妳自己。請不要小看了自己，試著自愛，而不是自憐，去試試看，好不好？

松山精神病院不必再去想它，這又是自我逃避的一個地方。國外是，松山又是，卻不知，逃來逃去，逃不出自己的心魔。

天下本無事，庸人自擾之。以這句話，與妳共同勉勵，因為我自己，也有想不開的時候，也有掙不脫的枷。我們一同海闊天空的做做人，試一試，請妳，也是請我自己。

最後，我很想說的是：一個人，有他本身的物質基礎和基因。

如果我們身體好一點，強壯些，許多煩惱和神經質的反應，都會比較容易對付，這便必須一個健康的身體來支持我們。

妳做不做運動？散不散步？有沒有每天大笑三次？有沒有深呼吸？吃得夠不夠營養？以上都是快樂的泉源之一二，請一定試試看。請試半個月，看看有沒有改變好嗎？

照片上的妳，十分孱弱，再胖些或再精神些，心情必然有些轉變的。

這封信回得很長，因為太多此類的來信，多多少少都是想要求鼓勵與指引。

我的看法是，我們活著，要求他人的幫助是很自然的事情，但是無論如何，他人告訴你一件事情或由你自己去瞭解一件事情，在本質上是不相同的。瞭解自己是由內而來的，當你瞭解了，不必別人來指引，也便能明白。除了你自己之外，沒有人能替你找出生命之路。

謝謝妳！祝

健康快樂

三毛上

又及：如果妳觀察了自己幾個月，發覺情緒的低潮是週期性的，那麼可能是生理上的情形。醫生可以幫助我們解決許多病狀，心理的和生理的，請妳再想想好嗎？

祝福中國。

金門居住的先生：

您沒有留下名字，信封上，只有一個郵箱號碼。牛皮紙做的信，紅絲線裝訂出來的邊，一個大紅盤花釦，左面一個春字，是信的外觀。打開來，七個毛筆字，就只寫了這兩句話：「祝福中國，祝福您。」王戌歲末的上面，一個淺紅色的印章，也看不出是什麼字。淡淡的紅色；您故意蓋淡的。那麼謙虛的情懷，在一顆章裏顯得明明白白。

受不起這麼盛重的一針一線，當不起這三個字的祝福。您，沒有留下名字的朋友，您的名字和顏色──就叫中國。

這份寶貝，是收信中一件極品。雙手捧著它，不知如何的珍愛，正如不知如何的愛中國，才叫合了一個人的心願。

我要好好的看守自己，對待自己，活得像一個唐人女子，來報答我們共同的父母。他們的名字，也叫中國，正如你我。

另外，也照著沒有姓名的地址回了一張信給您。一張白紙，上面沒有黑字，蓋的只是印章，也只是一顆我愛之如狂的章。笨笨拙拙的，刻了四個字，那便算是我的回信。您想來也收到了。

再不必說什麼，有心的人，我們各自在自己的崗位上去努力，就算彼此的鼓勵。

您懂，我也懂了。

也祝福中國，祝福您。

三毛敬上

人生何處不相逢。

三毛小姐：

很抱歉打擾妳的時間，從來我就是很欣賞妳的文章和妳的個性，很早以前就想寫信給妳，但又怕妳沒時間給我回信，我今天是抱著即使得不到回信也算了的心情，來寫這封信。

對了，我想請問妳，嗯！一月十五日下午兩點左右，妳是否開車要寄放在中山堂的地下停車場？那天我和朋友剛好要過馬路，這時有一部車突然停在我們旁邊，不曉得為什麼，一股力量吸引著我往車內看去，忽然間，我像是遇到了老朋友似的，不由自主的叫出了「三毛」，而後卻站在那裏不動，最後還是那位駕駛小姐揮著手要讓我們先過，她溫和又滿臉笑容，我不曉得她是不是真的是妳——「三毛」，過了馬路，我仍是發呆的站在那邊，我想我應該不會看錯才對，照片中的妳，風塵僕僕的，而車上的那位小姐，正是如此，而且更和藹可親，哎！我形容得不曉得是對還是錯，但「三毛」在我的感覺一直是如此。三毛小姐，如果那天遇到真的是妳的話，給我回封信好嗎？因為我已期盼很久了，再則，那日回宿舍後，看到《聯副》上有妳的文章，我想妳一定是回來了，最後我仍是希望妳能抽空為我回封信，好讓我清楚那段「奇遇」。謝謝！祝

心怡

邱蘭芬敬上

蘭芬：

是我！

再見！

三毛上

隔離與溝通。

親愛的弟弟妹妹們：

一次兩小時的聚會，得到了你們的友誼和雪片一般飛來的書信。在這裏，我要向你們道謝這份愛護，更使我感動的是信中對我付出的那份全然的信任。

以半生的生活體驗來說，愛和欣賞，在我往往是容易些的，而信任一個人，卻並不那麼一廂情願。起碼從自己待人接物的態度上來說，我不是一個輕信的人。

由此推想，各位在信中對我全心全意的信賴，也是不容易的。這使我非常難以輕易下筆回信，擔心自己偶爾在一句話上的疏忽，而影響了許多年幼的心靈。

歸納起大部分的來信，其中最明顯的煩惱和苦悶都在於各位對家庭生活和關係的不滿。我知道這些誠懇的信都是出自各位的肺腑之言，從某一個角度看來，完全是對的，一點也沒有錯。

可是，世上的事情，並不是只有從一個角度上去觀察，就能夠說它是唯一的真理。如果我們去做一次家庭訪問，聽聽父母們如何講孩子，很可能，父母也有一大篇合理的抱怨，也會說，孩子們不瞭解做父母本身的種種困難和對孩子在教育方式上的挫折，也更可能，父母除了孩子之外，尚有本身的苦難與折磨要去應付。

公平的說，做父母的比做孩子的，在擔當人生責任上，重了許多。親愛的孩子，試著也去分析父母和他們本身的問題，也試著去瞭解，你的那份學費和衣食是父母的血汗錢換來的，這麼一想，養育之恩，我們都不能回報，又何忍對他們要求太多呢？

往往，大部分中國的父母，將孩子當做命根，將孩子視為自己生命的延伸與繼續，期望自己一生沒能完成的理想和光榮，都能在孩子的身上實現。更以為，自己人生的經驗，百分之百，都可以轉移到教育下一代的身上去，又以為孩子是必須無條件聽命於父母而不可反抗的，壓力便由是產生了。

這種觀念，造成了父子之間的悲劇和衝突，也造成了成年人與青少年孩子之間的深溝。本來，天倫之樂是人間最可貴的一種情操和欣慰，很可惜的是，每一個家庭中，或多或少，父母子女的觀念與行事為人不能完全一致，不愉快的心情也隨之而來了。

父母子女之間心靈上的隔離，是愛的方式不很有技巧而造成的。成年人與年輕人的未能溝通，在我個人看來，也是出於同一個字，那就是深刻的愛。

我相信，天下的父母和子女，沒有一個人故意存心去破壞家庭的和諧，這是不可能的。如果問題產生了，也不是刻意的行為，而是根深柢固的社會觀念，因為有了時代的變遷，雙方不知適時調整而造成的結果。

一個問題的出現，解決的方法，不該是怨天尤人的去怪罪對方，甚而自責，而是冷靜的去理出問題癥結的所在，儘可能在個性上、思想上、行為及語言上，慢慢的改進，取得彼此的諒解。

這件事情，不能急切，不能以火爆似的爭吵去解決，更不能以離家出走，甚而激烈的試圖以毀滅自己的念頭去反抗，這實在是一種愚昧而無用的方式。而做孩子的，包括我自己在內，都往往選了這種笨法子，傷人害己，於任何祥和的人生都是背道而馳。

耐心、韌性、諒解、寬容、包涵，都是愛的代名詞。親愛的孩子們，在你們的來信裏，我或多或少是看見了這些字。可是，在來信中，也不可避免的看見了一些不講理的父母，動手痛打孩子，不給孩子任何解釋的餘地，冷淡孩子，甚而父母之間大打出手，以夫婦之間的不和，怪責孩子生命的拖累……

當我一次又一次拆閱來信，看見不知有多少信中寫著：「陳姐姐，我但願不要回家，永遠不要回那個沒有溫暖的家……」這樣的句子時，我的心裏，充滿了欲哭無淚的重壓。

孩子，你有一個媽媽，她打你，罵你，羞辱你，也許是她情感上不平衡，也許是她不知你在身邊是她的福分，這，都不能改變她仍是你媽媽的事實。

試著用自己的智慧去改變父母，不要傷心。中國人的忍字是如何寫的，我們都知道。學著取悅父母，念書上要出人頭地，家務上儘可能幫忙，一旦如此，父母仍是特別不喜歡你，那麼，愛你自己吧！好好的儲備自己的知識，將來自食其力之後，父母也年老了，那時候，回家去孝順他們，他們不可能不感謝你的孝心的。

溝通，有待雙方的努力——父母和子女的。而我的書信，只有做孩子的看得見，又有多大的效果呢？

至於另外一些來信，父母都是愛你的，而愛的方式中少了一份對子女的信任與尊重，這個問題便比一些破碎家庭的孩子來得簡單些。請相信有一日你不再是初中生或高中生，你會成長，會成熟，會有自己的人生方向。如果在一場人生的戰役上打得漂亮，做得有聲有色，到那時候，父母不但不會再管你，而且會以你是他們的孩子為驕傲。這種家庭問題，由另一個角度去看，便不嚴重了。好孩子們，父母大半的管教都是出於一片愛心，我們又何忍在方式上去怪責他們呢？

講了這種話，各位寫信來的弟弟妹妹們也許會感覺到，陳姐姐是站在父母那一邊的。事實上，父母的年紀已經比較大了，要改變一個成年人的觀念總是困難的，而青少年的一代，都仍有極大的可塑性，在許多地方，便必須請青少年包涵父母，諒解父母，更重要的是，將來一旦本身完成學業，成家之後，也有了子女時，再不犯同樣的錯誤，做一個開明而得子女信賴的人。

我總認為，孩子可以教育，某些父母也是可以再教育的。問題是，好似雙方都是堅持自己的看法，自以為是，這就難了。

記得在我小學六年級畢業的那一年，因為將一本別班男同學的紀念冊偷帶回家，寫上了幾句送別的話，而被母親搜了出來，母親為了這一件小事情，將我關在房間裏審問，弄得我因為羞愧而痛哭，並且答應悔改。

後來我漸漸長大了，有了與異性的交往，也因為來往的朋友都是正正派派的好青年，我自己也主動將這些朋友帶回家去請父母過目，當年害怕我變壞的父母，在無形中有了觀念上的改變，再也不會一如當初般的將男女的性別看成太嚴重了。

這只是一個小小的例子而已。其他許多事情的價值觀、判斷法、自主權和人生的看法，在經過了多年的溝通之後，與母親父親都能取得程度上的瞭解。所以說，我認為，教育子女是父母的責任，可是子女在家庭中被不被誤解，與個人的表現也是有關的。當然，我有一對開明的好父母，這是個人極大的福分，而他們的開明之中，亦有我多年的努力。凡事稟報父母，凡事開誠佈公，若有不能一致的想法而我又自認為對得起良知時，甚而勇於在良好的態度和口氣下向父母辯論、講解，請求認同。我不隱瞞、不欺騙，不將自己的想法藏在心裏，都有助於父母和自己之間的認識。

又有一封來信，寫出了處身一個大家庭中做孩子的悲哀。看見嫂嫂對母親的猖狂，看見哥哥的縱容妻子，看見母親的忍辱和委屈……這封來信，寫得生動而感人，是一個有著表達筆力的好孩子痛苦不平的心聲，也是一篇成功的散文。

大家庭的和睦與否，關聯著太多人為而複雜的因素，寫信來的這位孩子，因為心痛受欺壓的母親，進而對生命的公平產生了懷疑。很難過的是，這位孝順的孩子，我不能幫助妳，只有鼓勵妳，用功讀書，出人頭地，有一日進入社會時，賺錢反哺受苦的母親，將她接出來與妳同住，好好對待她，給母親一個幸福平靜的晚年。孩子，妳的孝心感人，責任也重大，一個有責任的人，是可貴的，這表示她有能力擔起這份責任。目前學業尚未完成，在經濟上可能無力承擔母親，可是盡力去愛媽媽，下課回家去時，儘可能表現妳對她的愛和看重，這對做母親的來說，比什麼都要欣慰，妳目前的能力和責任便是這個。

又有的信中，家庭不看重女孩子，不願再供給念大學的學費，做女兒的來信中傷心沮喪，幾乎沒有了方向。好孩子，中國人有一句諺語：「行行出狀元」，我個人也認為，進大學不是唯一的人生之路，請看社會上多少成功人物的學歷都不顯赫，可是他們成功的例子比比皆是。再說，自我教育是很重要的，如果自己不肯教育自己，一張大學文憑又能夠代表什麼呢？

在我所知的文化大學和東海大學，工讀生都在每一個角落做事，半工半讀，養活自己，同時進學，這種情況也是很多的，只是在體力上要勞累些。甚而，我有兩個學生，她們是高中畢業之後，先去做兩年女工，然後存足了兩學年的學費，再來大學進修，也是另一條可行的路。做事，是一種磨練，對任何人只有好處而無壞處。只問妳吃不吃這份有代價的勞苦。

孩子們，在近乎一疊書本樣厚的來信裏，很多人都不夠快樂，不夠開朗，不懂得如何從無可奈何的情況裏去求取生存之道，這也是無可厚非的，因為畢竟年紀還小，生命也仍孱弱。就算我自己吧，活到半生，又能夠說我瞭解了人生的真諦和全然的活得完美嗎？

既然大家都喊我陳姐姐，我便欣然答應，在這裏，與各位再共同勉勵一次，我們要做聰明人，做有智慧、有慈愛又肯誠實對人對己的勇者，就算天大的事情來了，也不逃避它，心平氣和的為自己爭取最合理的解決之道。不可以做一個弱者，凡是一不順心便跌倒的人，是要被社會所淘汰的，做一個有彈性的人，當是我們一生追尋的目標。

很抱歉不能一一回信給各位，因為從各處轉來的信實在是太多了，請原諒我時間實在不夠，而那份關愛各位的心懷意念，卻是強烈而真誠的。再見了！祝

做一個智者仁者勇者

三毛上

一九八三年三月廿七日

不滿、不滿、不滿。

陳姐姐妳好：

我是個高中女生，心中有很多不滿，好幾次想去了斷自己（自殺），但每次反過來想，我有去死的勇氣，那何不好好的活下去，如果就這麼死去，人生不是白走一遭嗎？所以想通以後，「死」離我便是很遙遠了。過去我曾經投書到「學生輔導中心」及「張老師信箱」，但我發覺他們都無法幫我解決困難。為什麼我說我有很多不滿？不是沒根據的，就拿家庭來說吧！母親是個很迷信且重男輕女的家庭主婦，她要我回家後幫做家事，這雖是應該做的，但她不為我想一想，我是個高中學生，功課越來越重，回家時的自習時間都被佔了，我以後怎麼上考場？我時常同她談起，但她無法和我溝通，她根本不瞭解現在的孩子，我無法充分的念書，我的前途不能就這麼的送掉，所以我不滿。

朋友方面，以前我有很多要好的朋友，現在可是一個也沒有，孔子說得很對：「唯小人與女子難養也。」認識越深就越失望，我覺得對她們越好，相反的她們也越看不起我，以前大家總是說說笑笑的，可是現在連見了面均不打招呼，而且還被同學耍了好幾次，現在我對朋友完全失去信心，雖然心有不甘，我又能如何呢？

當然這只是我不滿的之一二罷了，雖說家醜不可外揚，但我執著一意念，我要好好的活下去，所以我將它說出來。

孩子：

在妳的來信中，我好似看見自己過去的影子，心裏感觸很深。

我也曾經有過這樣的少年時期，覺得全世界的人都不瞭解我，包括父母手足在內都不能溝通，至於朋友，那根本是不存在的。

許多年過去了，回想自己一生的悲喜劇，大半是個性所造成的，怨不得天，尤不得人。

很多事情，只因我固執於只從「以自己為本位」的角度去觀察，以為那是唯一的真理和途徑，結果不但活得不好，對他人也沒有什麼真正的付出。

孩子，妳目前看見的只是不公平，看見的只是朋友們不理睬妳，看見的，很坦白的說——只是妳自己，眼中並沒有別人的任何理由。

在妳目前的年齡，這是被允許的，只要妳不太鑽牛角尖，更不可以有自殺的念頭。可是，如果在以後成長的歲月裏，妳的眼光仍是如此，那麼我肯定妳將會得到一個並不快樂也沒有太多意義的人生，而且不很容易在社會上與人和諧而友愛的相處——這都是妳的個性造成的。當然，這和體質也有關聯，妳身體健康嗎？

我以為，母親要求妳做家事，也是應該的，因為妳也是家中的一份子。甚而，她不要求妳，都當態度和悅的主動替她分擔。母親不是虐待妳，只因她不瞭解，在升學的競爭和壓力下，一個學生念書的時間非常緊湊，如果分擔了家事而喪失了讀書的分分秒秒，對一個求好心切的好孩子來說，也是苦痛的。

這種事情，想來妳已與母親之間交換過意見，而沒有結果，才會寫信給我。

我的看法是，如果家務不是太重太重，妳可以想出一種快速處理的方法。手腳快，做事有條理，有安排，兩件家事一同做。（例如燒開水的同時，便去洗衣，洗衣的同時，浸泡其他的衣物，曬衣服時，一方面煮飯。只要警覺性高些，不要做了這、忘了那，家事時間可以利用技術管理而發揮快速的效果。）

母親的教育程度和妳不同，在價值觀上自然也有距離，可是父母供妳念到高中，就是他們的偉大。我看到妳所說的母親，心中很受感動，她不懂念書有什麼用，她仍給妳念，妳有沒有想過這一點？

妳說母親不為妳想一想，對不起，請問妳為她又想過了多少？

妳的前途不會因為做家事分佔了念書而送掉的。學問之道，是人格的建立、生命的領悟、凡事廣涵的體認——而不是做一架「念書機器」。如果妳以為，妳死啃書本，考上大學，就是前途的代名詞，那仍是虛空而幼稚的，因為妳沒能瞭解，書本只是工具而已，念了一大堆書，仍不懂做人，那個書，就是白讀了。

寫到這兒，再看妳的來信，妳的信中，「不滿」都有理由，「不甘心」也很有理由的寫出來。

三張信紙，出現了三次「不滿」，而且說——這只是不滿之一二而已。我真不知，人生這麼多的不滿又是為了什麼？這麼多的「不甘心」，又是為了什麼？孩子，妳很自私，對不起，恕我直言。不要難過這句話。小時候的我，也是這樣的。

在這種心態下，妳求教於「輔導中心」、「張老師」，現在來找我，其實都不是誠心的要求我們幫助妳，而是將我們當做發洩的對象而已。

妳不合作，不改變自己的觀念，不肯看見他人的優點，我們又怎能解決妳的困難？

妳的朋友，在妳眼中，全是一批對不起妳的傢伙，我絕不贊成妳說的話：妳對她們越好，她們越看不起妳。

人，都是以心換心的，起碼百分之七十是如此。請妳對人類要有信心，不要因為一些小事，而不肯原諒他人。試試看，再試一次，試著不要太計算，試著以德報怨，好不好？妳的來信中，最可貴的一句話，就是——我要好好的活下去。

好好的活下去，快樂是第一要素，胸襟是基礎，體諒他人，是有學問的另一種解釋。如果培養這種觀念，人生是可以好好過下去的。

孩子，也許，妳看了這封信，心裏不但失望而且氣憤，也可能對我，更有不滿。可是我的良知不允許我寫下同意妳觀點的話——那叫迎合。迎合妳，可以使妳視我為天下唯一的知己，而對妳的人生，我卻沒有盡到勸告和開解的作用，那就不對了。我不能欺騙自己，更不能欺騙妳。

這封回信，妳可能看了就撕掉，如果妳不接受。但是起碼妳必須看完一遍才會撕掉，必有一些東西留在妳心裏，撕也撕不掉，對不對？

好孩子，在妳沒有改變的時候，請不要再來信，當妳有了一點點不同的觀人觀事的態度，我們才再通信好嗎？

謝謝妳這麼信任我，對我寫下了真誠的話，我很感謝妳，真的。

祝妳好好的活下去。

每天，看一下天空，看看那廣大的天空好嗎？

三毛上

真聰明的好孩子。

三毛您好：

小時候我自卑極了，小小心靈就知道什麼是勢利了，寂寞的童年與書為伍居多，本來就不好的腦子，塞進一些亂七八糟的故事後，更是退化了。

我看過坊間您的每一本書，因為沒有人比您更直截了當，更坦白的寫出自己，讓我知道世界有人可以活得這樣自然，這樣的親切。

三月二十五日在彰化聽您演講，您說得真好，講到快樂時，我的心也跟著快樂，說到悲傷事，您的語調令人心酸。

我最愛您的是：您也愛人，愛一些平凡的人。您並不算是漂亮的人，但是接近您，不由得迷上您那股特殊的氣質，那種氣質是教養、是修養、是發自內心的，這種氣質能使人真正的「高貴」，能使人無論十八歲或八十歲都覺得美麗。

我知道您好忙好忙，可是忍不住還要寫信給您，告訴您一些話，想說的太多，拿起筆反而不知道怎麼下筆。願您

保重自己

梁美華敬上

美華：

看了妳的來信，最使我感動的一點，是妳掌握了一場講演會中的特質。我們聽一個人講話，勝於去看一個人長得是不是好看。我們聽一個人演說，不只光是去看熱鬧，而是由他人的觀點中，汲取自認為對生命有幫助的東西，這才應該是去參加的目的。

社會上，每一個人，每一種職業，在我，只有人格的高尚與否，而沒有工作的貴賤。每一個人在這個世界上，都有不同的功能，並不只有知識份子才是高貴的。這一點，想來我們都有了一樣的認同和理解，這真是很好的事情。

妳的智慧高，心情平和，觀事溫和。童年的際遇並沒有使妳走上極端之路，反而更為

寬厚，是十分難得的。這麼一來，苦難對我們，就成了一種功課，一種教育，妳好好的利用了這份苦難，就是聰明。

好孩子，我真喜歡看見這樣美麗的信，不因妳讚美我，而是妳那顆平和的心。

謝謝來信。祝

平安

三毛上

沒有找呀。

三毛姐姐：

您好，看到您的信箱，很高興。

想問您，找到另一個荷西了沒有？

您願不願意再另外找一個伴呢？（我是指丈夫）

告訴我您的近況好嗎？比如說有什麼新書出版的。

等您的回信。謝謝。

小弟弟上

親愛的小弟弟：

你問我：「找到另外一個荷西沒有？」

很坦白的跟你說——我根本沒有找。

世上沒有兩個相同的人，包括雙胞胎在內，都不可能完全相同。所以我並沒有在找另一個荷西。因為再沒有了另一個。

荷西的軀體的確是由這個世上消失了，可是他的靈魂，仍是存在的。我不必找他，因為他沒有消失。

至於我願不願再找一個伴侶的問題，你在此句中又用了一個「找」字。好孩子，刻意去找的東西，往往是找不到的。天下萬物的來和去，都有它的時間。你聽過一首英文歌嗎？歌詞中說：「是你的，就是你的，不是你的，就不是你的。」我很喜歡這句話中的含意，尤其是用在情感和金錢的觀念上，特別喜歡。

我認為，人有權利追求幸福，一個肯於認清這個事實的人，是有智慧而且進取的。問題是，每一個人對於幸福的定義並不盡相同。一個伴侶，固然是一種幸福，可是人生還有其他值得我們去付出和追求的東西。所以，以我目前的情況來說，並不特別想有一個伴侶。

也許再過兩三個月，會有新書。

謝謝你的關心。祝

快樂健康

三毛上

教書不是塔。

三毛：

我是妳忠實的讀者，看了妳最近在報章上的文章，覺得和過去有很大的不同，生活味道似乎減少了，好像回到了象牙塔中，不知妳自己是否有自覺，妳的看法又是怎樣呢？

陳明發

明發：

謝謝你如此真誠而坦白的告訴我對我文章的感想，非常感激你的真誠。

我是一個以本身生活為基礎的非小說文字工作者。要求自己的，便是如何以樸實而簡單的文字，記下生命中的某些歷程。

最近的文字，的確和以前有了很大的不同，原因是：生活在變，生命在延續，觀念有改變，這都是無可奈何的人生之旅所造成的。於是，我也對自己的筆誠實，寫下現在的自己，這也是我所堅持的寫作方向。

但是，我不同意我生活在象牙塔裏的看法。如果說，生活中起伏變化大，因而在文字上，記載出來的比較顯明而活潑，那是可能的，那是一種燦爛的生命。

目前，我在教書，這不只是一個職業，同時也是因為環境變化而不得不做的角色調整。人生的角色變了，筆下出來的東西，便也不同於以往，因此我絕對不為寫作而去創造生活。

現在的文章，的確在風格上慢慢趨於寧靜祥和而且更平淡。我很珍惜這份守淡的心情，它不是象牙塔。事實上，現在更加入世，已不是當年與世隔絕的那個沙漠女子了。

很感謝你，謝謝！祝

好

三毛上

最重要的是被愛嗎。

三毛妳好：

三月廿五日那天，妳到彰化演講，曾說，有天妳在三更半夜，實在過不下去，想打電話找朋友聊聊的機會都沒有，實在太苦了！

不過妳比我還好，因妳有很多很多朋友，然而不幸的，我連一個朋友都沒有。

人，活在這世界上，最重要的是被愛，生活在沒有愛的日子裏，又怎能認識人生？敬祝

愉快

淑芬

淑芬：

事實上，在三更半夜，以教養來說，沒有一個朋友可以去打擾——除非是生命線。

如果又不是生死大事，只是內心寂寞，便不當找哪個單位，快快強迫自己入睡的好。

我不是孤獨寂寞的人，那是偶爾有一年，有過這樣的心情，現在不是沒有，只是化解了很多。

我認識的人很多，朋友並不多。

西洋有一句名言：「一個朋友很好，兩個朋友就多了一點，三個朋友未免太多了。」我很贊成這句話。知音，能有一個已經很好了，不必太多。如果實在一個也沒有，還有自己，好好對待自己，跟自己相處，也是一個朋友。

人活在世界上，最重要的是有愛人的能力，而不是被愛。我們不懂得愛人又如何能被人所愛？

不要自憐，不要怨嘆——妳信中說自己「不幸」，不幸當是生命極大的苦難來時，才能用的字。妳沒有知音就算不幸，萬一別的不順心來了，要叫它什麼呢？

妳不認識人生，是沒有認識去愛人的快樂。

試一試，好嗎？謝謝妳。祝

幸運

三毛上

為什麼、為什麼。

三毛：

心血來潮，給妳一封信。是第一封，當然也是最後一封。（彼此僅有一紙信箋之緣）

不要問我從哪裏來，索性忘了我是誰吧。因為我是個不折不扣的「流浪漢」，一個在陽光底下拖著慈悲的影子，默默的一步一步趨向救苦救難的平凡的人。

三毛！「神愛世人」，請妳告訴我，還有多少個不幸的人，悄悄的躲在黑暗的角落裏受苦受難？

妳、我是人。他們也是人，為什麼？為什麼忍心讓他們殘缺？折騰？

對不起，三毛，我找錯對象啦，畢竟妳不是神，教妳怎麼回答呢？

（不祝福妳。容許我將祝福轉給天底下不幸的人，祝他們快樂！阿門！）

若塵

若塵：

世界上，的確有許許多多生活在苦難裏的人，而絕大群的苦難者又往往是一個大時代的變亂之下，可憐的犧牲者，他們本身是沒有罪的。

你說，神愛世人，為何要給人這麼多的苦難？這種問題，亦是我過去一次又一次仰問上蒼的。

在老子《道德經》裏，有一句話：「天地不仁，以萬物為芻狗。」這句話，初聽時，很可能對它有誤解——「如果我們觀宇宙天地是以人為本位的話。」

芻狗之草，本是祭祀所用，燎帛之具也。天地的化育，及於萬物，自然也及於芻狗，它雖然在人眼中視為至賤，也是萬物中的一物。一體同視，一般化育。天地以無心為心，不刻意有仁，正是仁的至高處。所以說，天地不仁，以萬物為芻狗。

我常常想到老子這句話，深以為是。

我是一個自然主義者，對於自然界——這當然包括我們人類，所發生的任何事情，已不再拿個人的得失、喜怒、生死，去做一個苦難與否的判斷和評價，因為我們也不過是一如枯榮的小草一般渺小而已。

你的問題，可以說，在我，已有了答案，在你，是沒有給你答案，十分抱歉。

可是，我個人，在生命的可能裏，並不因為有以上的想法，而忘卻了自己的責任。在當做的時候，在可以為他人付出時，仍是真誠而慈愛的去做。這是出於內心的一種自然行為，而不是刻意為行善或為了使命而做的。

你是一個高尚的人，看了你的來信，十二分的敬愛你。我，也有與你同樣的胸懷和意念。大家為了人類，做一支小火柴，照亮幽暗的世界。如果世上每一個人，都做一支火柴，那麼這一點點火花，也是不可忽視的。

謝謝你的共勉。敬祝

安康

三毛敬上

讀書和迷藏。

陳平老師：

請容許我如此的稱呼您，因為我找不出更恰當的稱呼了。做您的讀者，我不願說一些崇拜您的話來證明什麼，下面一個放不開的問題，想聽聽您的看法。

一個十五歲的初中生，她偷取您小時的方法，逃學兩天，到圖書館看書，可是第三次給班主任發現，記了小過，給父母、妹譏笑怒罵了一頓，但在這件大人們認為極要不得的行為發生以前，她曾有一段時間，丟開一切小說、散文、詩詞，決意把自己泡在英語學校的課本中，一天利用三四小時查字典、拼單字，學校的考試來到了，她簡直拚命的去溫習、去背，結果，天公不作美，除了中國語文、歷史令她滿意外，其他十一科都亮燈了，她自己又失意了，英語對她來說實在太難了。

陳老師，我知道您懂的語言不少，對我的困境是否能給一點意見？謝謝您！祝您
永遠快樂、平安

書上的學生
林立寄自香港

孩子：

妳客氣的稱呼我老師，在我的心中便將妳當為一個心愛的學生，謝謝妳這麼看重我，我亦當看重承受了這一聲稱呼之後妳對我的期盼。

從妳的信中看來，妳的性向是偏向於文史方面的，而其他學科便不能兼顧了。妳不喜歡英文，其他科目也不及格，並不表示就是一個笨孩子，只因為妳的個性使妳甚而敢於逃學去看自己愛看的書，受不得一點勉強，因此即使強迫自己去啃那些不感興趣的課本，也考不過關。

我猜，當妳硬逼自己去念英文課本的時候，只是身體坐在桌前對著書，而心思根本不在它上面，對不對呢？

我的看法是：學問是一張網，必須一個結一個結的連起來，不要有太大的破洞才能網到大魚。而學問的基礎，事實上在我們進入幼稚園、小學、初中的這幾個階段中，都漸漸在向下扎根，每一個階段都是一個又一個漁網的結，缺了一個結，便不牢固了。

基礎是重要的東西，沒有根基的人，將來走任何一條路都比那些基礎深厚的人來得辛苦和單薄。

也許妳誤以為，當年三毛的休學是從此放棄了其他的科目，只看文哲方面的書，這是因為我在自己寫的書中沒有交代清楚，真是十分抱歉。其實在不進學校的那一段時光裏，除了文哲的書籍之外，也是看數理化學和自然書籍的。當年，我深恨英文，可是父親定要我每三日背誦一篇英文短篇小說，我也曾恨死那些外國字了，也曾一面背一面流淚。後來，背成了習慣，懂得欣賞到音節與文法變化的極美，慢慢的便愛上語文，一生癡迷忘返，現在還打算去學法文和客家話。

這一切，回想起來，都得深深感謝當年父親的堅持和逼迫。而語文，不在當地國家學習時，除了死背與用功，是沒有捷徑可走的。

孩子，以妳的年紀來說，目前學校的每一科課程，都是將來進入社會時必須的基本常識，這些知識，可以使妳未來的人生更充實，未來的實際生活更得心應手，走到了那一步，再往自己喜愛的文史方面做更深一步的探討甚而創作，也是不遲的。更何況，目前妳的年紀尚輕，在每一個學科上考及格，當不是太難——只要妳肯真正心神合一，專心的去看書。

我也瞭解，面對不感興趣的功課，是難集中精神去對付它們的。可不可以讓我說一個小秘密給妳聽呢？有關讀書的。妳那麼愛文學，便從這兒做起吧！

將數學當成「推理小說」去看待，妳是那個偵探，一步一步追下去，結果答案出來了，兇手被妳捉到，而且沒有冤枉他人，這不就等於一場遊戲？

把自然科類想成是一個田園詩人面對的一片好風景，花怎麼開，雨怎麼來，蜜蜂如何採蜜，樹如何生長……不都是一個詩人觀察的景象嗎？

至於物理和化學，它們也有趣，妳看不看科幻小說？我是愛看的，如果沒有物理化學的常識，便看不太懂了，是不是？

應付語文，將它想成一場纏綿的愛情小說：初識，陌生，誤會，瞭解，陷入情網，不能自拔，永結同心，再生兒育女……以上的情節不也是我們初識這些外國字的心態嗎？當然，妳可以也將英文想成一場沒有結局的戀愛故事，有一天，愛過了（考及格了）便與它說再見，另結新歡——妳的文史興趣。

孩子，天下沒有一件事情和學問沒有它的迷藏，試著放鬆自己，用另一種眼光和心情去試一試，探一探它們的神秘。一個人，在知識上，是可以有多面性而一樣和諧存在的。乖乖去試一下，好嗎？讀書不是為父母，請想清楚，讀書是為了充實自己，任何書本，包括教科書，事實上，「大半」是開卷有益的。

不要再逃學了，懂得支配時間，才是聰明的人。

謝謝妳的來信，下次期望妳不再寫信來，寄來給我的是一份全部及格的成績單好嗎？不必太高分，及格就好了，預先謝謝妳。祝

快快長大，畢業，不必再逃學，將來如念大學文科，堂堂皇皇的去念文學書籍了。不念大學，也無不可，又可去看喜愛的書，不必逃學，也未嘗不是樂事。

三毛上

不棄。

三毛：

我的丈夫一向是一個深愛家庭、勤勞向上的好青年，去年我們因為他申請赴美進修的學校答應他去深造，便下了決心，由我留在台灣工作，他帶走全部家中積蓄赴美一年。

事情發生在那赴美第一個學期結束時，丈夫突然來信要求離婚，理由是他已不再是台灣時的那個他，而內心的變化和環境的改變已使他無法再繼續愛我。

我沒有爭吵，這個月終於很和諧的簽字分手。我們相戀四年，結婚四年，前後八年的恩愛生活，卻因他五個月的離台而告結束。

我不知如何活下去，人生空虛，前途茫茫，更苦痛的是，精神已到崩潰邊緣，無法工作，無法活下去，請告訴我，我該怎麼辦？

我無兒女，與父母手足關係很淡，可說已是孤單的一個人在世上，實在活不下去，因為太痛苦了。我有過輕生的打算，妳說，我為什麼要再活下去？

這位女士：

妳並沒有被棄。沒有人在世界上能夠「棄」妳，除非妳自己自暴自棄。因為我們是屬於自己的，並不屬於他人。

丈夫如此分手，在我看來，未嘗不是一件好事，禁不起考驗的婚姻，終究是要出軌的。如果對方是一個如此想法的人，即使今日不改變，他日一旦有了單獨的機會，一樣有改變的可能。

這些也不必再說了，事情已經發生，要面對的情況才是最實際的。

請妳首先要安靜自己的心思，安靜下來，接受這個事實，它也許殘酷，但承受一個即使是不甘願的事實，對心理的重建仍是有決定性的必要。

不要先去想未來的事情，更不要去想前途茫不茫然，在目前來說，這不是當務之急，目前急的是要使自己的心安靜。這很難，可是心不靜，如何能睡眠？睡眠不足，嚴重傷害精神，是一種慢性自殺的行為，快快不要傷害自己了，難道妳傷得還不夠嗎？

男女之間的事情，在今日的社會觀念裏，已不如過去的時代，說變就變的情形很多——我是說現在。這不能完全用「無情」兩字便做一切的解釋，這種情形的造成，心態觀念的不如舊時代，都有極多的外在因素存在。看明白這一點，這樁婚姻已是結束了，而且無可挽回，那麼不要再留戀，不要深責對方，不要輕看自己，生命是可貴的，不能因為這一件事情，輕言死亡。

妳有死的勇氣，難道沒有生的勇氣嗎？

離婚之所以如此苦痛，是因為妳有了深深的被傷害的委屈，挫折感因此隨之而來，對不對？

如果妳在這一個時期中沮喪一時，是自然的反應；如果能哭泣，對健康也未嘗不是有益。痛痛快快的哭一場——如果妳能，眼淚有時能洗去許多悲傷，在某些情況下，是好的。

學著主宰自己的生活，沒有了丈夫，妳也有能力一個人過活。剛開始時，這種新的局面也許很艱難，一時看不出有什麼進步，也不能快樂，可是，給自己時間，不要焦急，一步一步來，一日一日過，不要急，請相信生命的韌性是驚人的，跟自己向上的心去合作，不要放棄對自己的愛護。

妳問我為什麼要活？我能答覆的是，為活下去而活下去，妳不要問，活下去，生命自然在日後給妳公平的答案。

我也想問問妳，妳要怎麼樣活下去？要哭著活一輩子，還是平平靜靜甚而有些歡悅的活下去？

這條路，但看妳個人的決心和提升自己的方法，過一陣，好好開始生活了，好不好？不要去看那個傷口，它有一天會結疤的，疤褪不掉，可是它不會再痛。

許多人說，忙碌是忘掉憂傷的良藥，我倒是覺得，安靜才是化解苦痛的好方法。我沒有用「克服」這兩個字，請妳仔細看好嗎？我用的是「化解」，這更合自然，妳說是不是？

人，不經過長夜的痛哭，是不能瞭解人生的，我們將這些苦痛當做一種功課和學習，直到有一日真正的感覺成長了時，甚而會感謝這種苦痛給我們的教導。

妳還可以再婚，不要對愛情喪失信心。也可以不再婚，做一個健康平靜的單身女子。可是，萬一有一旦再婚的時候，請千萬不要忘了——永遠不要給妳的丈夫任何機會，不要長久的別離再來分割一樁婚姻，記住啊！不知名的朋友，人，是禁不起考驗的。祝妳

新天新地

朋友　三毛上

不逃。

三毛：

我好難過，不知用什麼言語來表達自己的痛苦。自己得了嚴重的自閉症，連家裏的人要我到樓下雜貨店去買個東西都不敢，做什麼事情自己都會緊張害怕個半死，也不知道自己為什麼會如此緊張害怕，以前從來沒有的現象，如今卻患了如此嚴重的恐懼症，看到人都想躲，到底要躲到幾時？現在連出去找工作都不敢，害怕，甚至連寫封信都寫不好，我應該怎樣活下去呢？

黃上

黃先生（或女士）：

當我們面對一個害怕的人，一樁恐懼的事，一份使人不安的心境時，唯一克服這些感覺的態度，便是去面對它，勇敢的去面對，而不是逃避，更不能將自己乾脆關起來。

痛苦，是因為你將自己弄得走投無路，你的心魔在告訴你——不要去接觸外面的世界，它們是可怕的；將自己關起來，便安全了。

這是最方便的一條路——逃。

結果，你逃進了四面牆裏去，你安全了嗎？你的心在你的身體裏，你又如何逃開你的心？

走出來，不要怕人。人，有時的確是一種可怕的動物，可是，你也是同類，也是一個人，這個世界上，人吃人的事情不是沒有，但是大半的人是不吃人的。

我也曾將自己囚住過整整七年黯淡的歲月，當時，我與你一樣，見了人就怕得不得了。這種心理，使得我的心靈和肉體都飽受摧殘，也曾被送去看心理醫生，當時，不肯與醫生合作，醫生再有方法和耐性，自己本身不合作，是很難治療的。

黃先生，我不清楚您為何有這種情形發生，我不是心理醫生，只能以一個過來人的經驗誠懇的回信給您。

不要為怕而怕，不要再落入這隔離世界的深淵中去，不要再幻想外面世界的可怖。懇請您試一試，每天做一個小功課：為自己找一個出門的理由。第一天走兩百步，或走一百步，去雜貨店買東西，買完了便回來。第二天多走一點，也許三百步，又回來。第三天走一千步。第四天沒有法子出門，仍然害怕，便停一下，不必太勉強，第五天再去雜貨店。第六、七、八、九、十天，就走更遠些，直到您克服這份恐懼感，以後常常出去走走，散散心，一點一點慢慢來，但是要有決心，一定要有，請您答應我。

我們中國人，大半將心理治療和瘋子治病混為一談，事實上，世界上在心理方面完完全全健康的人可以說沒有。身體病了要看醫生，心理有了不平衡也一樣要正視治療的必須。如果您很清楚的明白，去看心理醫生是極自然的事情，而不是一般人說的「神經病」，那麼請勇敢的去看看醫生，好嗎？

如果您肯去看心理醫生，那麼這封信的前一段和中一段都可以不必理會了，一切聽醫生的方法，是最好的。

謝謝您寫信給我，在這樣怕人怕外界的情況下，肯寫信給我這樣一個陌生人，使我內心對您有說不出的感激，謝謝您對我的信任和友誼。

你的朋友

三毛敬上

其實都不是問題。

三毛：

您好！或許您對這許多素不相識的干擾者感到厭煩，但請給我一次機會，這些存留在我內心的問題，雖然都是小事，卻長久揮之不去，希望您能給我提供意見：

（一）三年前我有個很好的男朋友，那段戀情至今仍然忘不了，我們偶爾也還通信，但總是我去了信他才回信，而我對他的愛慕，卻不敢在信裏流露，不知他對我的情是否已淡忘了？更糟糕的是，我常會拿現在的「男」朋友和他比較，總覺得在我認識的男孩中，他是最吸引我的，您說我該怎麼辦？現在耶誕節快到了，我要不要再寄信給他？

（二）在班上常碰到一些特別獻殷勤的男孩，看他們一副真誠的樣子，就忍不住給了電話，但以後卻如斷了線的風箏，內心不免激起受騙的憤怒，難道他們真的只是好玩？促狹？還是怯懦怕碰釘子？

（三）通常同性的朋友交往，我們都會主動去聯繫，異性的朋友則停留在男方先主動的規範裏，如果第一次見面後，為了想更瞭解對方而打電話，會給對方很廉價的感覺嗎？

（四）偶爾會有「他實在不錯，但只能心中默默喜歡」，這個社會，好像沒有教導我們如何去追求想要的……包括情感、志向，在周遭，似乎有太多有形、無形的規範，男女交友中亦存在太多的理智，如：他的學歷、他的身高、他的年齡……盼望您能給我一些建議，非常謝謝您。祝

平安

渴望突破卻困於現實的女孩

渴望突破現實的女孩：

就妳的幾個問題我們來討論一下。

（一）就第一個問題來說，妳在後段的男朋友三字上，特別將男字用了一個引號，這表示妳很注意男女的性別，比一般人對待這個字又敏感得多。

三年前的一段情，可能是妳個人很主觀的論定。這一段情，是不是共同出去幾次，在

他人看來很普通的交往呢？如果真是兩情相悅，為何不敢在信中流露情意？對方不笨，是妳不聰明。他之所以被動的回信給妳，只是禮貌和教養，可能也有忍耐，而絕對不是愛的任何表示。請妳面對這個現實吧。既然妳的來信是如此署名，為何又連現實也不敢面對呢？

情的難忘與否，是妳個人的自由，請不要拿目前的「男」朋友與三年前相識的人去比較，這是無可比較也不公平的事情。

耶誕節快到了，妳如果想再去問候一次舊友，也未嘗不可，但不要再企盼什麼了。

（二）第二個問題，我認為是觀念上的偏差。男同學與妳交往，很可能是出於一片友誼，而不只是因為妳是「女」的而有任何企圖，更談不上妳所說的「獻殷勤」。而妳偏要如此看，「忍不住給了電話」，他人很明白妳的出發點與他們起初的意思完全不同，當然退避三舍了。

為什麼要感覺被騙？為什麼要憤怒？來信中沒有人存心促狹也沒有人要玩弄妳，是妳的情感太盲目，任何男生與妳稍有接觸，妳便立即想到要將這份情感投訴給對方。對不起，恕我直言，這種方式和心態是很少有人消受得了的。

奇怪的是，妳在第一個問題中，已有了一個三年前認識而難以忘懷的人，又有一位目前的男朋友，為何對班上的男生卻又生異想，甚而會因為他們的不理會妳而憤怒，覺得被捉弄了？其實，玩弄、促狹、被騙，都是妳自己的想法造成的，這一點他人一些責任都沒有。

（三）第一次見面之後，想進一步瞭解那個人，而打電話給他，這種事情並不廉價。只是我很難以想像對方的反應，如果妳開門見山的直說：「我想進一步瞭解你，請問可不可以再見面？」如果是我，就不會做這種事情。先瞭解自己比急著去瞭解一個初次見面的人來得重要。

（四）我們再照著妳信中所寫的句子來討論。妳說，男女交友中亦存在太多理智，譬如：他的學歷，他的身高，他的年齡……（以上是引用妳的話）

我以為，交友就是交友。這兩個字最重要的是因為交往而帶來的身心舒暢和健康，還有隨緣而得的友誼，這份友誼的有，或者沒有，都不是交友最重要的目標。

交友不是打獵，獵物的學歷、身高和年齡，對一個交往者來說，實在不必太注意。放鬆身心，不存目的，不刻意尋找一個投訴的對象，那份自在和愉快，必定是不同的。所謂「無為而治」的道理，就在這句話裏面了。祝

認清現實，再求突破

三毛

不能給妳快樂。

三毛：

早先情緒不好時，曾託一位文化大學的朋友幫我打聽您的下落，想分享您的樂觀，使我也沾上快樂的花粉，結果沒有成行——去課堂上逮人。只好提筆和您聊聊，我想有些方面我們是相近的、有相同感覺的——但搞不好，您不喜歡個性與您相近的人那就糟了。

上次想去拜訪您，還有個很強烈的原因，就是覺得您能使人快樂起來，想拉您來做些社會工作（陪人聊聊天、聽人訴苦……之類），或許您看了又要掩門深鎖（印象中您表示不習慣人群）。

還是想和您約個時間聊聊，可以嗎？

陳菲華

菲華：

妳的情緒不好而想到要找我，從一個角度來看，這是妳對我的看重與信任，謝謝妳。可是這件事情不是只有一個角度便能夠解釋一切。我以為，依靠他人帶給自己快樂是不很穩當的人生態度，況且妳已成人了。快樂的泉源來自每一個人的內心，如果妳心中不快樂，他人是無法使妳脫出困境的。謝謝妳沒有來文化大學的課堂上逮人——逮我，因為我在工作中，不能分心給妳快樂，一旦妳快樂了，可能我因失職教學而不快樂。

我喜歡天下一切平和、樸素、謙虛的人，無論個性是否相近，都沒有太大的關係。

妳說想拉我出來做社會工作，叫我陪人聊天、聽人訴苦等等，這使我有些驚訝；因為我們彼此的陌生，使妳對我下斷語，以為我的日常生活便是掩門深鎖。事實上我在學校有大約一百六十個學生，還有許許多多旁聽生，師生的情感非常深厚，對於我所帶領的大孩子們，或多或少，都在課餘彼此勉勵和深談。年輕的大孩子們給我的啟示很大，表面上看來，是我在做輔導工作，事實上自己受益良多。我並沒有排斥這個社會，只是因為一個人的能力有限，所以便只做了那麼多。以這個理由，請妳包涵，妳所建議的那一份社會工作，我便不再做了，好嗎？

妳想要與我見面聊天，而我的時間安排得十二分的緊迫，如果沒有必須，便不見面了好不好？我們將時間用到更有意義的事情上去，就是妳祝福我的話——愉快的享受生命。

謝謝妳，我的確活得十分愉快。祝

安康

三毛上

寫作不難。

三毛阿姨：

您好，我是位十六歲的高中生，不知稱謂您為「阿姨」，是否會太老？我很喜歡您的作品，文章親切，平易近人。

我本身也很喜歡寫作，閒暇時便嘗試「爬格子」。可是在寫作過程中，我遇到困難了。那就是常常無法用最適當的文辭來表現我內心所感受的，因此常覺得自己腹笥甚窘。雖然，我也常買些書籍回來閱讀，藉以充實自己，但還是無法吸取其中的精髓，我常為這問題困擾。所以，想請您幫我解決好嗎？謝謝！祝

安康

郭芳廷敬上

芳廷好孩子：

妳才十六歲，來信一句也不抱怨人生，只說喜歡寫作，這是多麼的難能可貴，因為我所收到的來信，大半是「人在福中不知福」的怨嘆信，看了很使人灰心。

寫作其實一點也不難，一開始的時候，儘可能踏踏實實的用字，不要寫那種獨白式的文體，寫自己日常生活中所觀察、所體驗、所感動的真實人生。初寫稿，寫些實在的散文體故事，避掉個人內心複雜的感受——因為那樣寫，便需要功力，畢竟虛的東西難寫。從故事開始試，人物最好不要一次出來太多，免得難以周全的在筆下刻劃他們。

寫作，便如建築，結構是一個部分，建材是另一部分，外觀又是一個部分，缺一不可。這也就是肌理、文理和神理三個寫作的基本要素，而這其中，都是生命。

再說，所謂寫作，事實上脫不了一個「釀」字，心中有所感、有所動的題材，不要急著就伏案，急不得；將材料放在腦子裏慢慢用時間和思想去醞釀它，自己反反覆覆的在心中將文章編織，等到時機成熟了，不寫都不成，這就是一般人所謂的靈感來了，出來必然不會太壞。

一般初學寫作的人，往往心急，釀的時間不夠，那麼即使塗塗改改總也難以使自己滿意。

多看好書固然是好事，可是看見他人寫得如此深刻而自己不能，也是會喪膽的。例如我自己，便真的喪膽，越看越不敢寫，不過，我情願不寫，也捨不得不看好書。

妳的年輕和興趣，就是寫作最大的本錢，很可惜我們只是紙上筆談，無法交換更多的心得。謝謝妳的來信。

三毛上

我喜歡把快樂當傳染病。

三毛：

每當遇到有不滿的事，或遭遇到挫折時，腦中就會浮現您的影子，您常要我們心存感謝，就憑著「心存感謝」這四個字，常常使我自己在不如意的時候快樂起來。

在《明道文藝》的「三毛信箱」一欄中，常看到寫信給您的人，多數在訴苦、抱怨、不滿。當我在「三毛信箱」欄中看到若塵寫了這麼一段話：「不要問我從哪裏來，索性忘了我是誰吧。因為我是個不折不扣的『流浪漢』，一個在陽光下拖著慈悲的影子，默默的一步一步趨向救苦救難的平凡的人。」看到了後兩句話時，三毛，我多麼的感動，更為您慶幸有這麼一位讀者，更感到他是一位多可敬的人，而且是一位不平凡的人。

此時，我感到難過，因為在我周遭的人，甚至我的朋友，他們沒有人常心存感謝，而只是不斷的在滿足自己，而我竟沒有辦法去改變他們，這真是令我感到慚愧的一件事。祝福他們，更祝福您。

廖淑珍敬上

淑珍：

想來妳也聽過一個老故事：一個小女孩因為沒有鞋子穿而哭泣，直到她見到一個沒有腿的人。

妳的來信，使我這麼的欣悅。淑珍，妳比我的年紀小很多，可是說出來的話，如此的有智慧、有胸懷、有志氣，我真謝謝妳給我拆信後一整日的快樂。

妳說得一點也不錯，這個世界上，不滿足的人太多了，自私自利自暴自棄的人也太多了。有的時候，我一點也不能同情這種人，也不想幫助他們，因為沒有價值可言。讓那些永不醒覺的人自生自滅好了，如果他們抱怨，我們把耳朵塞起來，因為他們不肯對人生、對世界、對生命，有一絲一毫感激的心。

可是，另一種人，是真正值得同情的，他們可能懦弱，可能悲觀，可能不夠聰明，可能貧，可能病……而不是自私自利和不滿。

上面那個小故事，雖然十分平凡，可是它常常在我的心中激勵我。當我偶爾對人生失望，對自己過分關心的時候，我也會沮喪，也會悄悄的怨幾句老天爺，可是一想起自己已經有的一切，便馬上糾正自己的心情，不再怨嘆，高高興興的活下去。不但如此，我也喜歡把快樂當成一種傳染病，每天將它感染給我所接觸的社會和人群。

淑珍，妳知道一個秘密嗎？最深最平和的快樂，就是靜觀天地與人世，慢慢品味出它的美與和諧。這份快樂，乍一看也許平淡無奇，事實上它深遠而悠長，在我，生命的享受就在其中了。

今天，是一個好天氣，台北近郊的一片山水是如此的安詳而美麗的。我看青山真嫵媚，而青山看我當如是。好朋友，世間有妳這樣的人，我也看不厭呢！

謝謝妳，真的，妳給了我很多東西。敬祝

平安健康

朋友

三毛敬上

獄外的天空也是你的。

新竹監獄內的朋友祖耀：

你的來信和真名不便公開，不願也不能，可是給你的回信，我另寄一份給你，也想給《明道文藝》，同時很希望發表之後給你寄這份雜誌去看。

看完你第二次寫來的長信，才發覺自己不知何時已經淚流滿面。祖耀，不要再深責自己到這種地步了，雖然曾經做過妨礙社會安寧的事情，而你也認為受刑補不了已犯的錯誤，那麼期待將來出獄後的贖罪與再造，這些，其實你已經在預備了，是不是？

由你那麼真摯的長信中看來，你今天的處境並不能只以單純的「壞」字便解釋了一切，這麼坎坷的童年少年期，在我一個平凡經歷的人看來，都是很大的劫難。你的信中，使我看見了那個十一歲的孤兒，一次又一次的逃離孤兒院，看見了一個少年在人海中飄泊的孤單，看見了求助無門、叫天不應、尋母不得，而父親不明的一個苦孩子。看到迷茫，看到那份求好向上的心，看到您終於向人生投降放棄，然後懷恨，然後反抗，然後豁出去的自暴自棄，然後去傷害了一個無辜的人……

祖耀，請求您再不要對人性和命運失望、灰心、懷恨，請您相信我一次，我不騙您。您今年才二十四歲，您說天下人的話都是假的，而您卻寫了信給我，那麼請您試一試，相信我好不好？我不能給您什麼，但是我可以給您一個經驗，一個世界上仍然有信、有望、有愛的經驗。因為我的確碰到過千千萬萬次這樣的人，他們是如您一樣的人，他們不假，不壞，不欺，不冷酷，更不輕視任何人，我真的碰到過，相信我，這個世界仍是有愛存在的，它並不完全是您眼中所見的那麼冷酷與虛偽，試試看相信我一次好嗎？

您說：獄外的天空沒有您的份。祖耀，您快要刑滿出獄了，這麼想，出來又有什麼信心面對穹蒼呢？

一個人，最當看重的是自己，您的一生，看到的卻是別人如何對待您，而您沒有看重自己，再說難道他人輕視您，不是因為你先輕視了自己嗎？貧，並不是恥辱，賤，才是恥辱。您有手，您有腳，您能說話、會寫字，而且文筆非常流暢，這足見您「基本求生」的條件已經具備了。一旦出獄，發心重新做人，過去您年少，而今您已成年，只要您肯，只要您不再恨，只要您不怕吃苦與誠實，這個社會不會餓死您。您曾經將自己一生的苦難報復到他人身上去，自責是不夠的，受刑也不夠，出來了，發心向上，用您的下半生，向這位受害人去補償吧，不然，您沒有真正的行動和懺悔。

有時候，在我們的一生裏，遺忘是有必要，而記得也有必要，讓苦難的過去忘掉，記取這一次的教訓，利用這個錯誤的經驗，以後「絕對」不再做傷人傷己的惡性循環，請你答應我好不好？不但如此，錯了的還要補救，誠心誠意的去做，好嗎？

有一本非常好看的書，叫做《悲慘世界》，是法國大文豪雨果所寫的，不知你看過沒有？如果獄中圖書館找不到這本中譯書，請下次來信告訴我，我替你寄去。你愛文藝書，這一本，對於人性的掙扎與光輝做了極深的刻畫，看了每一個人都會有啟示的。

過去你念過高工學校，我有許多做水電、修機車、做鐵門窗、修馬達的朋友群，如果你肯學、勤勞、認真、誠實、不計較待遇，大家幫忙打聽，工作總是有的。不要害怕將來的路，將命運掌握在自己的手中，預備好決心和信心的邁出那個再也不回去了的大門，好吧？

祖耀，我們都是你的同胞，歡迎你回到這個社會。謝謝你叫我陳姐姐。祝

安康

陳姐姐上

是美德還是懦弱。

三毛：

有一陣子我失業在家時，發現了一項快樂的秘密，那是勤奮與善待別人，這是我在美德中尋求心理寧靜的開始，而我做到了。另外我又讀佛學書籍，凡事又避免過分計較，我漸漸成為一個好好小姐，心中的愛恨都不強烈，但最後卻憎惡起自己來了。我希望自己敢愛敢恨，有勇氣去承擔一切，然美德把我禁錮在最無望的地方。我會為了怕傷害一個討厭的人，而使一個內心所喜愛的人誤會我，甚至覺得討厭別人也是一種罪過，如此濫施憐憫，使自己成了「好女孩」外別無可取。

我一直相信林肯的話：「人到四十歲後要對自己臉孔負責。」因此從善是我生活目標之一。但我覺得矛盾，過分的美德實在讓生活毫無生趣，為什麼我能在美德裏發現寧靜的快樂，卻又發現美德也是個枷鎖？三毛，請您哪一天演講或寫文章談談一個「好女孩的煩惱」，使我知道怎麼做好嗎？

林愛雯

愛雯：

我也喜歡林肯的這句話：「人到四十歲就該對自己的面容負責。」但我不能同意妳的另一個想法，因為妳認為美德是一副枷鎖。

愛恨都不強烈的人並不能與「沒有個性」、「生活沒有情趣」這些字句混為一談。妳如果真的擁有內心的寧靜，又為什麼要掙脫這麼美好的境界呢？

從妳的來信中，我感到妳將美德的定義和「懦弱」有一點點混雜，所以才會恨死自己了。讓我們共同來整理一下這兩個觀念好嗎？

凡事不計較、善待他人、覺得討厭別人都是罪惡、追尋快樂、不批評別人……在我看來都是美德的一部分，而且是重要的大部分。以上都是妳信中所說的。但是，不敢傷害一個自己討厭的人，而情願使內心所喜愛的人誤會，便是懦弱。

我的意思是說，大凡人——不只是妳，常常會對兇惡些的人讓步，而放心的去忽略了一些善良而可敬的人。這是人類的弱點與共通性，同時也是天性，這是相當令人遺憾的。

我的想法是，一個真正的完人，必須具備三個條件，那就是大智大仁大勇，這三個字真能達到又談何容易呢？所以中國人說「好難」。好，真是難啊！

小聰明、婦人之仁、匹夫之勇，在這個社會上每天都可以看見，但那成不了什麼大事。而妳我是不是就是這許多人中的一個呢？

妳自己其實看得十分清楚了，勇氣是可貴的，極為可貴，又最難實行，如果凡事缺少了實行的勇氣，再有智慧與仁愛也是枉然。

不要再懷疑美德了，它的含意在生活上每天都可以面對與實行，那絕不是枷鎖，那是使良知自由、使心靈釋放的秘方。它不必破壞也不必摧毀妳現有的生活，因為妳本身在基本上已是一個好女孩子，一個居然以自己美好而苦惱的糊塗人。

美德之中，當然也不能缺少道德勇氣，不然，便是懦弱。懦弱的人，在我的淺見裏，就是如妳所說：除了濫好之外，一無可取。

謝謝妳給我機會，使我在回信的時候對自己本身的處世為人也做了一個檢討的反省，謝謝！祝

安康

三毛上

「喜歡」有千萬種風貌與詮釋。

三毛：

或許我這封信在妳所有的來信中只佔了一丁點兒不成比例的比例，但是我懇切希望妳看完之後，無論如何，給我一封信。

我是個豪爽、高大的男孩子，自認為聰敏、瀟灑，不僅是學校的模範生，更是許多女孩子心目中的白馬王子，每天生活得相當快樂。

但是，妳來了，我想念著妳，心中有一種說不出的痛苦。在妳到高雄中正文化中心演講時，兩次，我都提早一個鐘頭去癡癡的等，排隊。但是，肚子餓了，我去買東西吃，結果回來，才一會兒工夫，我已被擠到最後，只得坐在最上面、最後面……

我曾告訴父親我喜歡上一個女孩子了，他說：「是誰？我想知道她的一切。」我說：「她不認識我……」

更殘酷的事實是，我只是一個高中三年級的學生。

在即將大學聯考的前夕，我希望得到妳的一些鼓勵，台大醫學系是我第一志願，放榜後我去找妳……

陌生的人

陳正宇

正宇：

我深信，許多人的一生曾喜歡過不只一個人，而這種對象，必然在基本上與我們有一個共通的本質，也可以說這一種人性格的優美與光輝恰好是可以使我們極度欣賞的。

在我的一生裏，不只喜愛過一個異性，他們或能與我結為夫妻——如我已離世的丈夫；或者與我做了最真摯的朋友——我確實有三五個知己；或者注定了生來的關係——如我的父親與兄弟。

現世的存在形式與關係並不重要，重要的是，那些人優美的心靈，化為我一生的投影，影響了我的靈魂與人格。他們使我的本身受到感召與啟示，而且今生今世都默默的在愛著這些人。想起這一些與那一些人，心裏只有欣慰與安寧，裏面沒有痛苦。

正宇，你說你有痛苦，你喜歡了一個叫做三毛的人；我說我沒有痛苦，我卻也喜歡著許多人。這其中的區別其實只在一線之間，我不求形相，你求形相；我一無所求，你看似沒有求，可是你卻求了痛苦。

其實，你喜歡的不是三毛，而是一種能夠與你呼應的人，這種人，不會很多，也不可能太少，少到一個也沒有而只有那個筆名叫做三毛的人。這個世界上優美的人太多太多了，問題是，最最優美的鑽石往往深埋在地底的最深處，而你，卻將一塊普通的石頭，看成了鑽石，不但如此，你又將石頭看成了異性。

孩子，「喜歡」這兩個字，有它千千萬萬種風貌與詮釋。在我十三歲的時候，不只是喜歡，我狂愛過西班牙大畫家畢卡索，愛他愛成瘋狂，焦急得怕他要老死了而我還沒能快快長大去向他求婚。這是一件真的故事，而今，仍愛著畢卡索，他死了，我仍愛他、欣賞他，在他的真跡名畫之前徘徊流連，將他深植在靈魂至愛的一角，但我不痛苦了，他生前，不知世上有這麼一個女子在愛著他，這又有什麼關係呢？而我，也沒有損失，我得到的是永恆以及其他的愛。

正宇，我確信在你的一生裏，會有或已有了許多喜歡的人。讓這份愛，化為另一種深刻又持久的力量與歡欣，再透過你——未來可能的一個醫生，投影到其他的人的內心去。

看見這樣的回信，也許你會將紙撕掉，將自己與三毛都怪責與抱怨，甚而失望。不過，你總是看了，看過的東西，不會全忘的，是不是？

謝謝你，這麼好的青年，謝謝你。敬祝

安康

朋友

三毛上

讀書不能只讀一個月。

三毛：

我是個學生，平常課業壓力甚重，在課餘只能閱讀一些翻譯作品和中國作家的散文及報章雜誌的文章。個人對文學非常有興趣，但涉獵不多，常感心虛，現在寒假到了，有一個月的假期可以好好的研讀，希望能有些許的收穫，能否請您推介一些值得閱讀的好書或學習的方向。盼回音。敬祝

安好

史及堯敬筆

史先生：

在我的看法裏，念書的人往往有許多不同的心態和要求。有些人將讀書當做一種鬆弛緊張生活的消遣，這種人，便可能看些輕鬆而不太費心的書本或雜誌，看完熄燈安睡，這對健康有益，是極好的娛樂。也有一種人，將讀書當做人生的特種興趣，他們看書可能便有了更進一步的品味與境界，是比較深入的。更有一種人，將讀書視為人生最大的事業，既然是事業，便必然有計畫與經營，一步一步來，慎重的挑，仔細的讀，甚而閱書之後，用文字記下心得或發表感想，是更有組織的看書法。

我個人，很有趣的是，以上三種心態與要求，多多少少都包括了在內，並不是只有一種心態，這麼一來，時間便佔去很多，可是甘心。

總覺得，既然我們身為中國人，對於豐富的中國文化便當首先去涉獵才好。思想性的文字與書籍，我愛老子、莊子、孫子和孔子。文學部分，以我的淺見，《紅樓夢》與《水滸傳》是白話文學中極易引人入迷的兩本好書，不過《水滸》後幾十回便不太喜歡了。先從《紅樓夢》看起是一個好開始，因為它涵蓋的東西太多太廣太深，而又絕對不枯燥，是偉大的書。

至於翻譯作品，我的看法是，要譯筆好的才看，譯筆好不好，細心看上數頁便可了然。如果時間不夠，流行暢銷小說便先不要看了——除非你只是想看了消遣。相信世界名著，它們是經過千錘百鍊的著作，必然不會太壞。如果一時不能看大部頭的書——假設你已在看《紅樓夢》了，那麼西方的文學，可以先看短篇小說。我個人極愛海明威的短篇，也深喜馬奎斯。毛姆的作品故事性強，初看是引人的，他的短篇也好。舊俄作家的文字中，人性的光輝明顯而深刻，只怕初看的讀者對於那些極長的人名會不耐煩，忍一兩本，便順了。

文學的領域浩如煙海，你信中說有一個月的時間，這很少。一個月，慢慢看一兩本書，看出心得來就不錯了，這麼短的時光，要說什麼才好呢？登堂入室需要長期的培養，用一生的熱愛去對待書本都是不夠的。

如果我只有一個月的時間，只一個月，我便去看一本法國作家——聖厄佐培里（Saint-Exupery）著的《小王子》。用一個月去看它，可以在一生裏品味其中優美的情操與思想。也是絕對不枯燥的一本好書。

一說文學，便很急，寫來不能停，但是，你只有一個月，便就此停筆吧。謝謝你。祝

多些時間

三毛上

五個對話。

三毛：

本想當面請教幾個問題，但因服役的關係，時間上不允許，只好在信上請您解惑。

一、在您作品中，常感覺您有份能知冥冥中要發生事情的能力，如〈哭泣的駱駝〉這篇，您知人即將死去。

二、您在書上提到自己的一切是寫作的最好題材，請問人應清楚自己的過去及目前的情況才能寫作嗎？

三、一幅畫常有多種不同看法與見解，請問這是股推動進步的力量嗎？

四、一個沒有保存過去物品的人，能說他過去是沒痕跡嗎？

五、您同意「入境隨俗」這句話嗎？是否處任何環境，就得做出合乎當時環境的舉止？

張正上

張正先生：

我們在紙上做問答題，不必見面也是好的，現在就您的幾個問題，寫下答案。

一、我在十三歲以前，的確能夠知道許多將要發生的事情，那種感應很明顯，例如說，在電話沒有響以前幾秒鐘便可以預知，所以慢慢走向電話，當它一響，我便接了，常常將對方嚇一跳。這種情況，隨著年齡的增長，便慢慢減少了。現在可以說是很「鈍」，已經不靈了，一年中只有少數幾次，不經心的，會有這種預感，也不很多了。小時候的心靈比較乾淨，沒有「知識障」，也接近自然，才會有這種現象。

二、有些作家，能力強，可以將一個不屬於自己的故事完善的表達出來。而我，是一個「非小說」的文字工作者，所以甚而不會用第三人稱「他」來寫作。我並不認為每個人必須清楚自己才寫作，以旁觀者的立場去寫作是很好的。可惜我沒有這種功力。

三、一幅畫的本身原本就是一幅畫，但觀者不同，它便可以因此千變萬化，所謂「見山不是山」也。對於畫，我沒有想過它是不是「推動的力量」。但我能欣賞許多好畫，非常沉醉，常常人入畫中不知歸，倒是要自己推動自己才捨得由那個境界中出來。好畫是把我推進去的，這種力量也可謂是一種動力吧。

四、過去並不是有形的東西，也不必依靠有形的物體來緬懷提醒，過去是造成今日我們本身的必須過程，它存在我們生命中，是遺失不了的。收集東西不算收集過去的生命——由形而上的觀點來說。

五、我同意入境隨俗，但不忘我。我不同意你說的處任何環境就要做出合乎當時環境的舉止。如果我處身在一個大家都打麻將、吸毒、搶劫、姦淫的環境裏，我便不隨。

以上是您的問題，我給做了答題，不知您滿意嗎？祝

安康

三毛上

如果是我的女兒。

三毛姐姐：

我是來自東南亞的緬甸僑生，現就讀於建國中學，我想請您為我的小姪女取一個您最喜歡的名字，這是我住國外的大哥來信要我找一個中文名字，我們的姓又很奇特，姓「番」，所以想請您幫忙，請不要拒絕好不好？

敬祝

健康快樂

番紹揚敬上

紹揚：

台灣中華書局印行的《辭海》裏，對於你的姓——「番」，這個字有數種解釋，其中有一條說的是：

番，姓也，《史記．河渠書》「索隱」：「番，音婆，又音潘。」《詩．小雅》云：「『番維司徒』，番，氏也。」按《圖書集成．氏族典》云：「番姓為吳芮封番君，子孫因氏，讀婆，番字雖有潘婆二音，而在姓宜讀為婆。」

照這麼說，這個姓應當發音為「婆」。

如果是我的女兒，便喜歡叫她——番一林。

兩個立著的字在上下，中間不好加太橫太胖的字體，又不能太瘦長，乾脆用一個數——一。

一林，象徵一種風華，是活潑而有生命的林木，極有生機的一片景色。

無論男女，這樣的名字，稱呼起來是高雅而清朗的。再說，這個名字筆劃不多，看了不易忘，容易發音，而且也很普通，是一個好名字。

當然，這是極為主觀的看法，我個人很喜歡。

不過，如果你的家人相信中國人所謂「陰陽五行」說法的話，那麼這個名字對於五行中缺木的人是再合適不過，如是缺其他的水火土金之類，便不合適了。

小小的意見，請你參考。取名是大事，仍然由家中親屬給取比較合理，你說是不是？謝謝你。

三毛上

寫給「淚笑三年」的少年。

親愛的好孩子：

你的來信和文章收到很久了。去年夏天你正初中畢業，今年，一個高一的學生，不知已經進入了哪一所學校就讀？你的來信是正當考上高中時寫的，對不對？當然，陳姐姐（謝謝你對我的稱呼）一定承諾你，不將文章與來信公開發表，也不提你的名字。可是這一篇文章寫得太動人了，寫出了許許多多少年人心中的苦痛、掙扎、反抗與追尋，更寫出了一個少年人對整個人生期許的無能為力與焦急。這樣多的來信中，是你，好孩子，將這份共有的少年情懷表達得最真切。

大約已是半年過去了，我仍然不能從你的來信中完全釋放出來，這也是因此沒敢立即提筆給你回信的原因，因為盼望自己的情緒不要因這樣一封長信而混亂，甚而與你同哭同笑，忘了在淚笑之外尚應當整理的一些觀念。事實上，在這半年內，你內心強烈的哭聲，令我失眠了一次又一次。孩子，你不寂寞，陳姐姐看見了你，在這個世界上，你不是沒有人瞭解的。如果，你肯將內心的苦悶，不只說給陳姐姐一個人聽，相信你會有另外三五個朋友，而你，卻是不肯說的，是不是？

許多時候，做家長的人，因為本身擔當著許多人生的艱辛和責任，這種生活，並不全然完美，而又不得不承受下去，他們是偉大的！因為做父母的，從孩子一出生，便成了愛的囚犯，而且這種父母囚犯，是終生的，不能因病外保，也沒有假釋可言。親愛的孩子，不要生氣陳姐姐好似又在替父母講話，請你看下去好嗎？也因為為人父母的艱難，父母們常常會忘了一點點小事情，那便是——孩子對人生的選擇尚在迷茫時期，孩子並不一定同意父母用在他們身上付出的關愛方式，更別說強迫讀書了。

因為我們受了教育，便懂得了進一步的思考，有了思考，問題必然也同時增多，問題多了，一旦想求「即刻的答案」，便會生消極甚而完全灰色的人生觀。而你，我親愛的小弟弟，你去打架了，打了又打，哭了又哭，叫了又叫，只因為這一切的人生，沒有給你「立即、滿意的答案」。可是，孩子，陳姐姐跟你的家長和老師們一樣的憂心呢，你說世上沒有人愛你，真的沒有任何一個人愛你嗎？

少年，是人生的一個時期，在這一個過程裏，不只因為我們思想不再天真，同時我們的生理狀況，也為著未來的成長在做極大的預備工作，這是內外兩種改變的交織，是不很容易度過而又極重要的一個時期。有的少年，在度過這幾年的時光裏，非常艱難；有些少年，稍稍平和些，這和生理有著必然的關係，而又不能只以人生哲學或思想來說服平衡這種現象，更不能以為責罵或處罰便是唯一的方法。很可惜，一般的父母大半用了令孩子反感的教育手段，雖然那是出於愛。

你寫的是「淚笑三年」，而從你這麼誠摯的心聲裏，我沒有看見笑，只看見黑暗中一次又一次不受瞭解的吶喊和眼淚。孩子，人生最可貴的事情，在我看來，便是少年的迷茫。迷茫「生」的問題，迷茫生的追尋，迷茫生的痛苦。「迷茫」表示你在思考，表示你不人云亦云，這是極好的第一步，為什麼卻認為自己是一個壞孩子呢？別人說你是壞孩子，難道你便相信了？你做給他們看，你不壞。

跟你講一個故事。也曾經有過一個十三歲的少年，因為對人生找不到答案，在一個颱風之夜割腕自殺。當然，她被救了，手上縫了二十八針，這些針痕，至今留在她的左手上，一生都不能消去。她不只試了一次要放棄生命，她的一生中試過三次，在二十六歲以前。留下的是兩個疤痕和至今救不回來的胃病。現在，這個少年已經長大了，她也會思想那些過去的日子，她也不只在少年時受過挫折，可是，而今的她，一個仍然覺得年輕的女人，並沒有屬於自己的家庭，沒有固定的居所，沒有太多的朋友，沒有什麼人瞭解她，也沒有足夠一生吃用不愁的金錢，沒有子女，沒有時間，沒有太完美的健康……可是，她是快樂的，安詳的，明朗的，而且不找人去打架。這一切，不是她有多麼聰明換來的，這一切是一個奇蹟，在每一個人身上都可以公公平平得到的奇蹟，那便是時間。這個故事的主人，你是看過她的，請你用想像力去想一下，她也曾是一個如你一般的少年，這條路，她也走過的，一步一步走過來的。

孩子，你說，聯考的壓力是一種魔鬼，它逼了你三年，而今仍有另外一個三年的鬼要逼你。孩子，你真會用字，用得好，可見你表達的能力強於打架。可是，為什麼又去打呢？為什麼不寫呢？每天用十分鐘，把內心的掙扎，誠誠實實的寫出來，然後，將它鎖在抽屜裏，不給任何人看。如果你真止那麼不喜歡書本，安靜下來，找一個好天氣，在清晨的校園裏——不要在夜間，慢慢的吹吹口哨，靜靜的瞭解一下自己，問問自己，問問我這一生，對什麼樣的事情感興趣？我有什麼別人不及的天賦和潛能？我有什麼長處？我有什麼短處？如果那麼厭惡上學，那麼去選一門感興趣的手藝是不是也行得通？如果仍想上大學，那麼便不要再掙扎，靜心看書，去擠那個窄門。萬一進了大學，則要做一個認真的學生，而不是混文憑的那種人。

孩子，不要急，不要再頭破血流的度過少年期，請你安靜你的心，不要再哭，不樂觀也不悲觀，輕輕的問一問自己，你的一生做哪一種工作最使你愉快勝任。不要去管那些功利主義社會下人們對職業貴賤的價值觀，管你自己的心，如果你覺得做一個一般人看來卑微的職業，而內心快樂，那麼便一步一步去實行吧！在我的觀念中，工作只有不同，沒有貴賤。

親愛的孩子，在我是一個少年的時候，我跟自己父母的相處也是不很融洽的，我的師長們因為要照顧的太多，對我也不能付出全部的關心與愛，我也曾如你一般的哭了許多年。可是現在我長大了，我明白了一些少年時代不太清楚的事情，也學會了包容和感激，雖然我的父母仍然當我是小孩子一樣的管束，可是我不反抗他們了，因為生命來自父母，養育之恩無法回報，「孝子愛日」這句話的意思也慢慢懂了。我們多活一天，與父母的相處便少了一天，這麼想，是不是每一天的日子都是珍愛的呢？不再跟你講這種話了，你要反感的，讓時間來對你講這些感受吧，時間會給你一切的答案。孩子，不要太急，不要急，慢慢的活，人生比較長。

現在你是個高中生了，請你答應陳姐姐，每天對自己說：「我是一個好孩子，一個有用的人，我不擔憂明天的日子，可是今天的一日，我要儘可能做得完美。我要常常微笑，真心的笑，我也可能哭，可是不為挫折而哭，我只為了傷害他人之後的羞愧而哭。我要靜聽內心的聲音，看看自己是一塊什麼樣的材料，便用來做什麼樣的東西——而世上所有的東西，都是有價值的。」

不要忘了，親愛的少年，我是你的朋友。世上有許多陳姐姐，不是只有我一個。跟你同年齡的少年做做朋友也是很好的，他們不是看輕你，是你太敏感，老要動不動便去打人，別人當然怕你了。

介紹你看一本書好不好，書名叫做《小王子》，是法國飛行家 Antoine De Saint-Exupery 寫的一本絕對不枯燥的好書。有中譯本，而且譯得很好，你去找來看一看好嗎？

太多的話想跟你講，可是窗外的陽光那麼明亮又美好，我想最好放開這些內心深淵的對話，去享受十五分鐘只曬太陽的初春。你看，人生並不是那麼完全是痛苦的，看完這封信，你也去曬十分鐘的太陽好嗎？陽光真美，是不是？祝你

快樂

陳姐姐上

如果我是妳。

三毛女士：

我今年廿九歲，未婚，是一家報關行最低層的辦事員，常常在我下班以後，回到租來的斗室裏，面對物質和精神都相當貧乏的人生，覺得活著的價值，十分……對不起，我黯淡的心情，無法用文字來表達。我很自卑，請妳告訴我，生命最終的目的何在？

以我如此卑微的人（我的容貌太平凡了），工作能力也有限，說不出有什麼特別的興趣，也從來沒有異性對我感興趣。

我真羨慕妳，恨不得能夠活得像妳，可惜我不能，請妳多寫書給我看，豐富我的生命，不然，真不知活著還有什麼快樂？ 敬祝

春安

一個不快樂的女孩上

不快樂的女孩：

從妳短短的自我介紹中，看來十分驚心，二十九歲正當年輕，居然一連串的用了──最低層、貧乏、黯淡、自卑、平凡、卑微、能力有限這許多不正確的定義來形容自己。

以我個人的經驗來說，我也反覆思索過許多次，生命的意義和最終目的到底是什麼，目前我的答案卻只有一個，很簡單的一個，那便是「尋求真正的自由」，然後享受生命。

不快樂的女孩，妳的心靈並不自由，對不對？當然，我也沒有做到絕對的超越，可是如妳信中所寫的那些字句，我已不再用在自己身上了，雖然我們比較起來是差不多的。

如果我是妳，第一步要做的事是加重對自我的期許與看重，將信中那一串又一串自卑的字句從生命中一把掃除，再也不輕看自己。

妳有一個正當的職業，租得起一間房間，容貌不差，懂得在上下班之餘更進一步探索生命的意義，這都是很優美的事情，為何覺得自己卑微呢？妳覺得卑微是因為沒有用自己的主觀眼在觀看自己，而用了社會一般的功利主義的眼光，這是十分遺憾的。

一個不欣賞自己的人，是難以快樂的。

當然，由妳的來信中，很容易想見妳部分的心情，妳表達的能力並不弱，由妳的文字中，明明白白可以看見一個都市單身女子對於生命的無可奈何與悲哀，這種無可奈何，並不膚淺，是值得看重的。

很實際的來說，不談空幻的方法，如果我住在妳所謂的「斗室」裏，如果是我，第一件會做的事情，就是佈置我的房間。我會將房間粉刷成明朗的白色，給自己在窗上做上一幅美麗的窗簾，我在床頭放一個普通的小收音機，在牆角做一個書架，給燈泡換一個溫暖而溫馨的燈罩，然後，我要去花市，仔細的挑幾盆看了悅目的盆景，放在我的窗口。如果仍有餘錢，我會去買幾張名畫的複製品——海報似的那種，將它掛在牆上……這麼弄一下，以我的估價，是不會超過四千台幣的，當然除了那架收音機之外，一切自己動手做，就省去了工匠費用，而且生活會有趣得多。

房間佈置得美麗，是享受生命改變心情的第一步，在我來說，它不再是斗室了。然後，當我發薪水的時候——如果我是妳，我要給自己用極少的錢，去買一件美麗又實用的衣服。如果我覺得心情不夠開朗，我很可能去一家美髮店，花一百台幣修剪一下終年不變的髮型，換一個樣子，給自己耳目一新的快樂。我會在又發薪水的下一個月，為自己挑幾樣淡色的化妝品，或者再買一雙新鞋。當然，薪水仍然是每個月會領的，下班後也有四五小時的空閒，那時候，我可能去青年會報名學學語文、插花或者其他感興趣的課程，不要有壓力的每週夜間上兩次課，是改換環境又充實自己的另一個方式。

妳看，如果我是妳，我慢慢的在變了。

我去上上課，也許可能交到一些朋友，我的小房間既然那麼美麗，那麼也許偶爾可以請朋友來坐坐，談談各自的生活和夢想。

慢慢的，我不再那麼自卑了，我勇於接觸善良而有品德的人群（這種人在社會上仍有許多許多），我會發覺，原來大家都很平凡——可是優美，正如自己一樣。我更會發覺，原來一個美麗的生活，並不需要太多的金錢便可以達到。我也不再計較異性對我感不感興趣，因為我自己的生活一點一點的豐富起來，自得其樂都來不及，還想那麼多嗎？

如果我是妳，我會不再等三毛出新書，我自己寫札記，寫給自己欣賞，我慢慢的會發覺，我自己寫的東西也有風格和趣味，我真是一個可愛的女人。

不快樂的女孩子，請妳要行動呀！不要依賴他人給妳快樂。妳先去將房間佈置起來，勉強自己去做，會發覺事情沒有妳想像的那麼難，而且，興趣是可以尋求的，東試試西試試，只要心中認定喜歡的，便去培養它，成為下班之後的消遣。

可是，我仍覺得，在這個世界上，最深的快樂，是幫助他人，而不只是在自我的世界裏享受——當然，享受自我的生命也是很重要的。妳先將自己假想為他人，幫助自己建立起信心，下決心改變一下目前的生活方式，把自己弄得活潑起來，不要任憑生命再做賠本的流逝和傷感，起碼妳得試一下，盡力的去試一下，好不好？

享受生命的方法很多很多，問題是妳一定要有行動，空想是不行的。下次給我寫信的時候，署名快樂的女孩，將那個「不」字刪掉了好嗎？

妳的朋友

三毛上

不要也罷。

親愛的三毛：

我是一個在工廠做事的女工，因為一個人在外謀生，心情很孤單，認識了一群事實上內心並不滿意的朋友，我也在裏面跟他們混日子，內心十分迷茫、矛盾，很想離開這些品德不好的朋友，可是，若離開了他們，便覺得孤單和無依，真不知如何是好？

三毛阿姨，不知您是否願意在這件事上給我一些指導與建議，好讓我能作一個正確的抉擇？

麥玲敬上

麥玲：

壞的不去，好的不來。

品德不好的朋友，不如不要。

三毛上

回不出的書信。

親愛的朋友：

翻閱了將近一整夜的書信，卻找不出一兩封可以公開回信的題材。書信專欄原本應該多彩多姿、各色各樣才叫美麗活潑，可是手邊的來信，歸類起來卻是如此的相同——千篇一律的抱怨和苦痛，好似沒有幾個人對自己擁有的生活現況感覺欣賞與讚嘆，也少有幾個人除了看見自己之外還看見其他的人和事。

我將回不出的書信放在桌上，走到窗口去站了一會兒，想到書信中一個一個自找苦痛的生命，看見高樓下深夜的燈火，心中禁不住要問——難道在這片燈火下的人群真的那麼不快樂嗎？

好似書信中的每一個人都在羨慕他人，每一個人都以為自己的遭遇是人間最不幸的，每一個人都只強烈的抱怨自己的命運甚而怪責社會與家庭，而極少極少在文字中對自己之所以形成今日的局面有所檢討和反省。

反正自己永遠是對的，總而言之，社會和生命是對不起人的。

存著這種心態生活的人，是沒有法子通信的，這很難，真的很難，要改也很難，如果自己不改，他人也是沒法進言的。

其實，任何一份生命都有它生長的創痛與成長的過程，這些過程彷彿是種子，在日後的生活中都會彰顯出來，於是我們的生命便在這許多的歷練中越見成熟；生命的成熟過程其實避免不了掙扎和傷感，而生命之美，卻也是人間世人加以賦形和圓全的，這十分主觀，見仁見智，各有所得。可是，如果只是一味的抱怨，這份在我看來極有價值的存活，便顯不出來了。

有人問過我，人生最重要的是什麼？脫口而出的回答是——智慧。後來想了想，覺得不太周全，難道除了智慧之外，快樂不重要嗎？真誠不重要嗎？金錢不重要嗎？愛不重要嗎？自由不重要嗎？勇氣呢？健康呢？家庭呢？友誼和瞭解呢？難道這些都不重要？

我又告訴自己，這一切，其實都已被智慧所涵蓋，在智慧的大前提下，其他的東西應該自然而然隨之而來的。

「三十六計走為上策」是每一個中國人都知道的計謀之一。如果我們對目前生命的局面不能滿意，而且已經盡力而為了，仍然不成，那麼為什麼不由這一個局面中跨出來，再去開發一個更新的局面呢？許多人說：「我不能。」這句話沒有道理。你能，如果你下決心去做，你能的，問題是沒有決心就真的不能了。當然，在有計畫的開始一個新的局面時，知己知彼卻是不可忽視的要素。沒有能力去摘月亮的時候，我們便去摘果子吧。不喜歡橘子可以去摘葡萄，不喜歡葡萄還可以去種菜呢。

這封信其實也是寫給自己的，也是寫給許許多多來信中對上司不滿、跟丈夫不和、向社會反抗、同父母爭執、與同學處不來……這種種人生普通現象抱怨的朋友們。

讓我們彼此共勉，期許自我的生命得到接近完美的展現，儘可能減少缺陷的心情，在心靈上脫離一層又一層的束縛，使得生命達到某種程度的自由，而這種自由並不是白白便能得來的，如果我們不提升——或說返璞歸真，不痛下決心去調整局面，一切都是枉然。

《聖經》上說智慧，佛經上也說智慧，我多麼願意自己是一個追求真光的勇者，不怨怪客觀環境的一切，盡力將生命的舵交給智慧之星的引導，航向無邊無涯的廣闊人生。

親愛的朋友，包涵吧！尊重吧！這裏面包括了對自己的那一份看重。偶爾抱怨一次人生可能是某種情感的宣洩，也無不可，但是習慣性的抱怨而不謀求改變，便是不聰明的人了。

西班牙有一句諺語：「如果常常流淚，就不能看見星光。」我很喜歡這句話，所以即使要哭，也只在下午小哭一下，夜間要去看星，是沒有時間哭的。再說，我還要去採果子呢。

許多來信，在這裏做一個總回，同樣性質的信，便不再另回了。敬祝

安康

三毛上

小朋友好。

陳姐姐您好：

我們是一群愛看您文章的小朋友，第一次接觸到您的文章，是老師印的補充文章：〈懸壺濟世〉。經過老師的介紹，我們對您的文章很感興趣，便把零用錢省下，跑遍書店搜羅您的作品。

大家最喜歡您的《撒哈拉的故事》，我們常想，沙漠這種物質文明缺乏的地方，您還能如此堅強的度過，想必是個很有毅力的人。

最近老師要我們進行一個「心靈的探訪——拜訪我所喜歡的作家」活動，我們懇切的希望能與您見面訪談，所剩時間不多，必須在六月以前完成訪問工作，我們知道您很忙，但我們會盡力配合您的時間。敬祝

健康快樂

市師專附小五年一班學生
林靜玉、鄭卓倫、吳彥璋、史宇豪、
譚志宜、江旭敏、賴億如

親愛的台北市師專附小五年一班的朋友：

收到你們的來信心中真有說不出的歡喜。各位想與我見面訪談，是我極大的光榮。因為你們目前只是小學五年級，這個年紀說大不大，說小也不小，可是我居住的地方與貴校的地區仍是遠了些，如果小朋友們結隊來看我，這一路的乘車、換車仍然是很費周章的，同時也會使我擔心，又怕各位麻煩老師領路，浪費了老師的時間，是不敢當的。

想來想去，最方便的辦法就是我將自己送到貴校來，在貴校指定的地方，接受訪問，這麼一來，便不會勞師動眾了。

這樣的安排很可能使各位失去了一次遠足的機會——我的家很遠，十分抱歉。一切請各位安排，以上只是我的意見而已。

希望這一次「心靈的探訪」能夠使各位滿意，我願將我的心打掃乾淨，歡迎各位進來看看，而且，每一個心房都因為小朋友的來訪而暢開，有問必答。

歡迎，歡迎！小朋友好！

三毛敬上

不會忘記妳要的明信片。

三毛：

我們是本家，我叫小禹，國中二年級學生，我最愛看您的《背影》，尤其是前兩篇。

您的故事，常常都有些「離奇」，那些英國人真的把您留在拘留所？和您同時留在內的人都出來了嗎？

克里斯和莫里是不是還和您有連絡？這些人都很可憐又可愛。

回信時請給我在迦納利群島的地址或台北您父母府上的地址好嗎？我知道您常在國外走來走去，我有個請求，能不能在搭飛機時替我拿個航空明信片留做紀念。

請多保重身體，祝福您！

陳小禹

小禹：

我的確進過英國的拘留所，那兒的伙食相當豐富。同時間留在裏面的人想必是出來了，因為這已是許多年前的往事了。

克里斯來過台灣看我，一共兩次，在去年。他正在用極少極少的金錢環遊世界。莫里目前好似在日本東京，四年前通過信便沒有音訊了。

我目前住在台灣，迦納利群島只是一幢空房子而已。今年六月又會去坐飛機，一定記住妳要航空明信片。問題是，飛機上的明信片通常只是一架飛機照片，不如旅行的時候替妳買有風景或人物的，妳說要兩張，我覺得太少了，十張好嗎？

妳的地址我記在通訊錄中帶著，不會忘記，可是要等出國了才能替妳辦事。

我也祝福妳，親愛的小妹妹。

三毛上

又及：妳給我的來信沒有郵票也沒有地址，看來是丟在我父母家信箱中的，那麼妳不是已經知道我的地址了嗎？

如何死得其所。

陳阿姨：

我很喜歡您的書，主要是樸實自然，又沒有大道理，不知您自己發現了嗎？（小弟也喜歡您的書，他的原因是：對話多。）

最近「華視新聞雜誌」有了您的消息，很高興見到您的生活圖片，只不過搞不清為何叫您「謎樣的女人」？

上自大伯母，下至我們，都等您回信，因為我們大家都有一個問題：三毛是真的死了嗎？其實，死也沒什麼好怕，只是沒有死得其所。

李恩偉

李小弟弟：

謝謝你的來信。

我的書的確沒有大道理，這一點自己也知道的，與你的看法十分相似，很喜歡你有同樣的發現。

至於「華視新聞雜誌」中一篇訪問叫我——「謎樣的女人」，你弄不明白這是為什麼，我也不太清楚他們為何如此說。事實上，大人的頭腦和小孩子長得不一樣，我們卻又知道得很切實，那就是：大人們總有本事將很簡單的人和事想成特別複雜，你說是誰比較聰明？

你問三毛是不是「死」了，信中你將死字塗得又大又深，看得令人失笑。好孩子，如果要複雜的回答你，我可以說出例如精神死了而軀體活著，或者名存而實亡等等曲折的句子來嚇唬你，可是我不說，我只說三毛沒有死，不然這封信就不會寫出來了。

你又說：死也沒什麼好怕，只是沒有死得其所。這個句子真是好，令人深思。

謝謝！

我很喜歡聽你說說：三毛如何死才叫死得其所？如果在這件事情上——三毛當死的場所——有什麼寶貴的意見，我是樂於聽從的。

親愛的小弟弟，你的來信使我十分快活，感謝你的關心。祝你

繼續快活下去

三毛敬上

不講了。

三毛：

上次的信怕妳沒收到，或是看了第一行就順手丟到垃圾桶去了，所以現在再寫第二封。

雖然我們從未見面，我和妳也無親無故，但邀請一個真性情的人來與我們說話，如果妳是我，相信妳也會試試看。我是以一個私人的身分先邀請妳的，因為系上的同學都不相信請得動妳，我想朋友何必說要互相認識，冥冥默默之中，有人會在報端上注意妳的蹤跡，聽妳的故事，這樣不是很好嗎？妳不會吝嗇給予社會一點關愛吧？

陳政佳

政佳：

我從不將任何人的來信丟做垃圾處理，這種事情不順手，不可以做的。

問題是，許多來信因為轉信地址不一，由收信到拆信的時間便會拖長，再說有的時候我不在台灣，便要等回台時才會看見了。

你的第一封來信和第二封是同時開啟的。

謝謝你想到我，要我去貴校和同學們見面，我不必想理由才答覆你，因為理由本身就是存在的——我不能來。

要求見面的信實在太多了，見面是必須時間的，這很難，因為一天只有二十四小時，而我們也只能有七八九十年可以生存。

我不吝嗇給這個世界一點溫暖，也盡力在做了，無論做得周不周到，自問已經盡了全力。只因本身太渺小，能做的也只是微小的一部分，而做不成什麼大事，時間也不夠用。

有時候我對於自己的健康狀況總是恥於向人啟口，事實上因為每天的工作壓力太大，睡眠時間極少，體力和腦力已經透支了很多很多，如果再不休息，只有病倒下來。在這種情形之下，實在不能再和任何人見面，才能完全休息。

請你瞭解我，包涵我好嗎？

今年下半年我便不再教書了，因為身體實在不好。對於這份本身愛之如命的工作和學生都得暫時放下，這裏面必然有我說不出的無可奈何與力不從心，請你試著瞭解我的苦衷好嗎？

能見面的時候必然會見面的，現在真的是不行。目前我一直渴想的便是睡覺睡覺再睡覺，可是時間不太夠，不能睡。

謝謝你對我的友情，這種友情，心裏承受了很多很多，卻無法回報，想起來也是很遺憾的。

對不起，我將給你的回信另外發表在《明道文藝》上，也是同時答覆了許多類似的來信，以後這一類的信，便不再回覆了。

我們做一個不見面而在心靈上相通的朋友好不好？祝

安康

朋友

三毛上

談朋道友。

親愛的朋友：

離國半年，來信積壓了許多，「信箱」停頓數月，十分抱歉。這幾天將書信做了分類，這一期不再單獨回信，只想將部分相同的信件在這裏做一個總答覆，因為性質是一樣的。

許多青年朋友來的全是長信，信中愁煩、傷心、失望、憤怒的原因都是因為視為至愛的好友改變了態度，或辜負了情意等等、等等。在此我們談的是友誼中所發生的變化，而不是指愛情類的情感那一類書信。

對於「朋友」這兩個字，事實上定義很難下，它比不得「天地君親師」那麼明確而了然，因此所謂朋友，在認知和接受上都必然難免主觀。

我總以為，朋友的相交，最可貴在於知心，最不可取，在於霸佔或單方強求。西方有一句諺語，說：「朋友的可貴，就在於自由。」這句話是深得我心的。

青年人交友，出於一片熱切之心，恨不能朝朝暮暮，生死相共。這種出發點是可以欣賞而且瞭解的，因為人類常常覺得內心荒涼，期望有一個傾訴的對象。而青年朋友許多心事羞於向父母啟口，朋友便成為極為重要而急切的精神寄託，這也是十分合理的心態。

問題是，當人，一旦忘記了距離的「極重要」和「必須」時，太過親密的交往，往往將朋友這一個隨時可能改變的關係，弄成複雜，甚而難堪。

總結所有的來信，對於朋友的失望，大半來自對方所言、所行達不到自己對他所要求的標準。而我卻認為，朋友是不能要求的，一點也不能，因為我們沒有權利。

古人一再的說，「君子之交淡如水」，這句話實在是不錯的。那就有如住在小河邊，每日起居中聽見水中白鵝戲綠波，感到內心歡悅，但不必每一分鐘都跑到門口去老看那條河。因為河總是在的。

朋友的聚散離合，往往與時間、空間都有很大的關係，當一個人的大環境改變了的時候，內心也是會有變化的。老友重逢，如果硬要對方承諾小學同窗時說的種種癡話，而以好朋友的身分向對方索取這份友情的承諾，在處事上便不免流於幼稚和天真，因為時空變了，怨不得他人無力。

再來說大部分的來信，其中多多少少涉及友誼之後而產生的金錢關係。雖說好友有通財之義，但是急難時，總得等對方首先提出願意相助，才叫不強人所難。如果情感真切，而對方不能以金錢支助，他人可能有本身的困難或對金錢處理的態度，不能因為受拒而怪責那是不夠朋友。一個好朋友，首先必須為對方設想，金錢之事，能不接觸，是最體諒朋友的一種行為。除非生死大事實在走投無路，可開口商借。但如芝麻小事或要朋友一同「上會」被拒，該怪責的當是自己，不是他人。

也有來信中說，被朋友出賣了，一再告誡不可說給第三者聽的秘密，告訴了朋友，因而傳揚開去，使人窘迫。其實，這是我們自己的識人不清，也是自己出賣了自己。這也憤怒不得，誰讓你忘了「見人只說三分話」這句諺語的真理呢？反過來說，不做見不得人之事，一生光明坦蕩，哪來的秘密叫人給傳了出去會受到難堪？一個沒有秘密的人，當然很少，如果實在是有，又想傾訴，那就請靜心看看對方是否值得信任；如果心存懷疑，便不要一時衝動脫口而出，悔之不及。

更有來信說，自己對待朋友出自一片真心，想不到對方並未真心回報，因而十分痛苦，甚而痛罵朋友狼心狗肺等等。這些來信中，「想不到」三字用得最多。這不能怪別人，只怪自己怎麼連這麼簡單的人情世故都「沒有想到」，他人不是自己，我們要精準的控制自己都難，更何況控制另一個人？

也有一些優柔寡斷性格的來信，說明自己正與一群朋友同流合污，又下不了決心脫離那個圈子，請問三毛要怎麼辦？我說，就這麼辦，跳出那條污水河，比如壯士斷腕，起初可能麻煩，事後想想，幸虧下了決心，不然失足千古，是不得一再拖延的。一個影響不好的人，不能叫朋友，只能叫敵人。當然，也不必去跟敵人對打，三十六計走為上策，快走快走，遲了來不及了。

更有來信說，對於某個死纏爛打的朋友實在極不欣賞，苦於情面或憐憫，不忍深拒，因而感覺深受束縛，又不能告訴對方，怕對方受傷。這種處理，實在是小看了他人，高抬了自己。世界上沒有一個人能夠說——「沒有他我活不下去」。人，在本身體內自有韌性與生命力，不會因為朋友疏遠而去跳河，了不得十分悲傷，但時間久了，也是會過的。我們實在不必為對方想得太多，而低估了對方失友之後的再生。不會死的，請對方自己處理去吧。

朋友這種關係，最美在於錦上添花，熱熱鬧鬧慶喜事，花好月更圓。朋友之最可貴，貴在雪中送炭，不必對方開口，急急自動相助。朋友中之極品，便如好茶，淡而不澀，清香但不撲鼻，緩緩飄來，細水長流。所謂知心也。知心朋友，偶爾清談一次，沒有要求，沒有利害，沒有得失，沒有是非口舌，相聚只為隨緣，如同柳絮春風，偶爾漫天飛舞，偶爾寒日飄零。這個「偶爾」便是永恆的某種境界，又何必再求拔刀相助，也不必兩肋插刀，更不談死生相共，都不必了。這才叫朋友。

話說回來，朋友到了某種地步，也是有恩有情的，那便不叫朋友，叫做「情同手足」，手足已入五倫之內，定義和付出當然又不同了。

兩性之間的朋友，萬一一方有了婚姻，配偶不能瞭解這份友誼而生誤會，那麼只有顧及家庭幸福，默默退出，不要深責。人間「不得已」的事情不是只有這一樁，如果深愛朋友，必須以對方幸福為重，不再來往，才叫快樂。

男女之間，以純友情轉化為愛情，也未嘗不可，相知又相愛，同組家庭，兩全其美，不也很好？何必猶豫呢？

其實，天地可以稱朋友，愛民為民的一國之君也是某種朋友，父母手足試試看，也有可能亦親亦友，老師學生之間也能夠亦師亦友，這也是教學相長。

如果能和自己做好朋友，這才最是自由。這種朋友，可進可出、若即若離、可愛可怨、可聚而不會散，才是最天長地久的一種好朋友。

說了那麼多，這封信實在不算是答覆，只是很愉快的寫出了對朋友的觀點而已。謝謝各位來信給我的靈感。

三毛上

愧疚感。

親愛的通信朋友：

各位的來信，實在是寶貴的。信中所談的問題，有如一面鏡子，照出了我本身也有的種種迷茫和困境。這一次信件分類中，想談談「愧疚」的主題，這樣的來信，也是佔多數的。

大凡心存歉疚的人，在本質上往往偏向躁急性格。做出來的事，說過了的話，甚而傷害到某一個人，在事情發生當時的心態與事情過後的再思，往往自相矛盾，而且悔不當初。其實，在心地上，這些來信的朋友，都是善良的。

這樣的來信，大半以青少年朋友居多。而內疚的對象，往往是家人手足，尤其是對父母。

看見一些來信中做兒女的因為傷害父母，內心苦痛自責而筆下千言的寫出來——給三毛，總使我有一點點衝動，想照著來信地址將原信寄回去，收信人，寫上他們的父親或母親，這不就成了和事老了嗎？當然，沒有真的去做，因為來信沒有允許我如此。

其實，心存內疚的人，大半是有心的人，只是在行為上——修補人格性情的決心，十分不積極而懦弱。

當我們，無論是有心或者無心傷害到了一個人、破壞了一件美事，知道錯了，已是難能可貴；懂得自責，又進了一步；放在心裏折磨自己，或寫信向不相干的第三者去痛哭流涕，這也是好的，起碼這都一步一步在自覺自省。

可是，寫信給沒有受到傷害的朋友，傾吐心事，在動機上仍是出於「自私」，這種「寫信目的」，無非是想使自己的罪惡感減輕一些而已。尤其是寫信給完全不相識的人如我。

內疚又分許多種。有時，芝麻大小事情發生了，太過善良的人，便將它們看成世界末日，把一切的錯都招來放在自己心上，默默的受磨折，日而久之，影響到往後性情上的不能開朗和釋然，幾乎成為病態。

也有另一份內疚，認真造成了一個事件，直接影響到他人的幸福，那麼這又另當別論了。

說到題外話去，被傷害的人，沒有學著保護自己，任人傷害，也是值得檢討的事。當然在此說的只是一般人情世故，不是報刊上出了社會人命的那種。

我們再回過來說歉疚感。既然自認做了對不起他人的事，或只是出於誤會、急躁、不耐煩等等情況下而造成的人際僵局，那是最不必苦痛的。

中國有一句成語：「解鈴還須繫鈴人。」打一個比方，最常見的——既然當初有這份狂妄和任性，向母親大叫大罵，不體娘心，而今難道沒有同樣的勇氣和良知，去母親身邊誠心道歉說明，使這冰凍的疼痛化為和風？

古時「周處除三害」，不在於他除了前面兩害的好本事，他的自我頓悟和改變，才是這個故事因而流傳下來的可貴可敬之實。

對於父母、手足、同學、朋友，如果真正背負著那麼沉重的歉疚感——如同信上所寫。那麼不必再悄悄來信給我了。一來又來，於事無補，徒然浪費精神。

這種感覺如果積壓太久，對於身體的傷害也是很大的。解決的方法，除了道歉之外，內心真誠痛下決心，只要出於一片至誠，對方百分之九十是能諒解的。萬一，對方仍不肯諒解，這其中，我懷疑涉及金錢的事佔大半，那麼欠債還錢，分期分年分月攤還，不佔他人血汗辛苦，才是實事求是。情感的欺騙，自然又是一種。某種人，對情真真假假，遊戲人間本來不是死罪，如果對方不是如此人生觀的人，也拿來開玩笑，造成他人遺恨終生，自己雖然也有悔意，總是傷德。這便不是道歉能解的事了，那份內疚，是該當跟隨一輩子的——是為報應。

也有上面所說，芝麻大小之事，發展成仇，自己存心道歉，他人不肯原諒，也是常見的事。這件事，涉及雙方胸襟和本身性格。強求不必，盡其在我，盡情盡義而對方仍不能化敵為友，那麼更不必痛苦，只有算了。

這類來信的朋友，大半善良而謙虛，很少怨怪他人，只有深責自己。其實所謂內疚，不過小事一樁，勇於化解，就是善待本身良心。

思想是可貴的，行為亦是可貴，這兩件事，相輔相成，缺一便不圓滿了。

謝謝來信使我明鑑省視自己，感激不盡。

三毛上

少年愁。

親愛的朋友：

又是青年節的月份了。對於這一個節日其實好似已經不再屬於我，可是想到那麼多封來信——青年朋友的，仍想寫幾句話。

最不喜歡一般社會上的中年人或老年人，講起少年或青年人時，總常引用的兩句詩——少年不識愁滋味，為賦新詞強說愁……好似只有經歷過了大半人生的人才有資格說自己嘗過那愁的滋味。然後在詩句後半段，說：嗳——看穿啦，秋天真涼爽。

其實，少年有少年人的心事，青年有青年人的迷茫，在這種初初面對社會、生活、學業和前途的一個斷層階段，那種懼慌和壓力，絕對是勝過中年的。中年和老年，其實才叫安然，因為這條愁路大半已經走過來了，於是當然可以說風涼話了——對青年人。

收到許多封青年人的來信，好似總也不受瞭解，心裏那份對生的掙扎，充滿著刀割一般尖銳的痛和委屈，當然，也有很深的寂寞和悲哀。而一般人，是看不見的。總以為青年人有本錢，一些生活小事上的不能快樂，叫做自尋煩惱而已。

我認為，青年人的確有本錢，那份所謂本錢，在於身體的健康以及來日方長的時間，這是一個角度。青年人事實上又真苦，因為實在沒有本錢。就從最直接的來說，沒有本錢就是口袋裏根本沒有錢。除了青春之外，本身的能力、社會經驗、人際關係，都欠缺太多；以上的欠缺，造成必須「自力更生」時種種十二分實際的苦痛，那有如一場戰役。自力更生這四個字，表示再不能吃父母的飯了，也表示學校時代「子宮時期」的一種結束。青年人乍一下突然面對社會，發覺孑然一身不算，還得養活自己，那份驚慌失措，比一個嬰兒的初初面對生命，還要來得巨大。而青年人不可能餓了便哭，因為要找奶瓶活下去的就是自己，哪有時間去哭呢？所以說，青年人又是沒有太多本錢的，這又是一個角度了。

在人的一生裏，我認為青年時代最有可為，也是最艱難的。

有一年，去年，偶爾聽見曾經教過的一班學生，畢業了開始找事時的對話。一個說：「喂，我發覺社會上將大學畢業文憑這回事，不當什麼吔！」另一個說：「怎麼會？我們是大學生吔！」聽見這樣可愛又純潔的對話，幾乎令我大笑起來。天之高，地之厚，這些孩子要拿文憑去抵，是不可能的，而他們並不知曉。這也是青年人的可悲之處。

很多的人，分不清理想與夢想的不相同。理想，是一種可能實現也可能不實現的觀念，這要天時、地利，加上人和三大條件才能略知成功與否的一二。而夢想，可以想得天花亂墜，隨人怎麼想，要實現起來，大半是不成的。

青年人對於社會的要求也高，失望也快，卻很少注意到，一個成功的中年人或老年人的背後，往往有著許多辛酸血淚的故事。這尚不夠，那份持續的認真與努力，也是一個成功者必然的付出。這以上說得又不完全，智慧才是一個人成功最大的條件之一，缺了它，什麼也不成。

而智慧，是可以培養的，它和「小聰明」這三個字，十分不同。一個肯於虛心吸收觀察一切，經常反省、審查自己缺點和優點的人，在求智慧上，就比那些不懂得自省加觀察的人來得快速了。不但如此，如果也能平心靜氣的去細看分析社會現象，體諒他人做事的苦心，就更圓滿些了。

許多的青年朋友，將理想與夢想混為一談，等到必須自求生路時，邁出了步子，踏入社會，方知連要安然的吃一口好飯都不簡單的時候，便將理想、夢想，一起立即推倒，從此消沉下去，甚而又問出「人生何來？」那樣悲傷的句子來。

看見這一個又一個青年人，在人生的道路上走得顛三倒四，我的內心總生出許多感觸和愛莫能助的無力之感。

常常聽見身邊的青年朋友怨嘆人生，說是懷才不遇，社會不公平等等。而我總以為，一分才情，或三分才情都成不了大事，那七分認真和努力如果不肯持續的投進生活中去，便算不得大才。如果想快速的成功或乾脆說白，叫它——有錢，豈是一朝一夕便能達到目的的？而真正有大智慧的人所追求的人生，又豈只在錢財之事上呢？當然，這麼枝枝節節往外扯，就太遠了。

覺得中國小部分青年人，在這一代的，刻苦忍耐的精神和觀念都太不夠。眼光淺，心浮氣躁，批評起他人來頭頭是道，而很少苛責自己。行為和思想上的不能配合，往往造成一生中大好時光的浪擲，是十分可惜的事。

又因為中國的學生教育——無論在家庭或學校中，和生活如此的脫節，使得我們的青年人在行為上有如少年，在思想上一片僵化，除了書和文憑之外，對於一切社會人情，比起一個自小做學徒長大的工匠來說，那差得遠了。這是因為「萬般皆下品，唯有讀書高」的觀念造成的不能平衡，也當然是教育的失敗之一。

社會本來是一個競爭的地方，我叫它「鬥獸場」。弱肉強食是自然界的一種現象，所謂「人吃人」這句話，細想起來，實在有它某種程度的真理在。這不可悲，可悲的在於，那些自甘被吃的人，往往都只因為年輕，如果人人都做強者，那麼誰也吃不了誰，大家都保全了性命，不是更好嗎？

也有人問：如何才能做個強者，不被吞滅？問的來信不是上文這麼直接，其實意思是一樣的。

看見年輕人初出社會，心裏總是同情、瞭解又心疼的。覺得做年輕人真是苦，那個苦，不是過來人所說的一種輕愁或強愁，那種愁，是又真，又切，又實在而又一時突不破的。

說到這裏，覺得自己不能突破的事情尚有好幾件，又如何能再說什麼話呢？可是話仍是要說的，明知不太可能管用，總比不說的好。

最不喜歡用克服困難、努力向上這種字眼。人生沒有那麼簡單；困難，有時也不是一個人的力量所能「克」「服」的。想說的是，無論哪一種個性的青年朋友，我們要培養本身，學習A血型人的冷靜，B血型人的有彈性和開朗，加上O型的擇善固執和AB型的雙重人格，將這些看上去矛盾的不可能，耐心的放在每日的行事為人上去做實驗。我們不克不服困難，可是心平氣和的去學著化解自己。這絕對和虛偽、狡猾又不同，做一個有彈性的人，是多麼重要的功課。我們看，大自然裏，剛硬的樹枝必然脆弱，而它們的表相，往往粗大而引人注目。細柔的藤條可能強韌，可是乍一看去，又那麼不顯眼而渺小。青年人急於成為大樹，而內在本質的堅硬與否便來不及去顧及，一刀砍下去，便是斷了。

苦痛和挫敗，在一般人眼裏看去，都是壞字，可是我卻認為，如果白白苦痛一場，的確是敗兵敗將的唯一收穫。一個有智慧的人，一旦懂得「利用苦痛」和「分析挫敗」使得自己因而更上層樓，這些看來不順的事情，就被化解為另一種有用的工具，使我們在日後的路上，用來當枴扶，走起來愁不愁但看本身境界，可是再跌倒的可能性絕對會減少一些。

年輕人心氣高傲又自卑，這兩種心事，進入社會之後，沒有人管你太多死活，便要當心自我的調配，不要因而走上太決裂的路上去。而看見許多好青年，只因在分寸之間沒能掌握得準確，失之千里，又令人扼腕。

又有一種心態的大孩子，總將人世看得過分黑暗，卻因此忘記了，黑暗是光明襯托之下，才產生的一種比較。過分天真，將一切人看成善類，的確危險。但是，如果將一切的眾生全看成是惡的、壞的，那麼這雙眼睛不如早早閉上，不看也罷。眼睛的可貴，在於看山是山，看水是水，不要山水顛倒，或是將它們混成一團稀泥，那樣上蒼給我們眼睛的好意，就被辜負了。

也有年輕孩子，說在進入社會之後處處仰人鼻息，內心痛苦不堪。我想，這在於如何觀察事情。忍耐，是很難很難的功課，不然這個「忍」字不會如此造法。基本上我反對「忍耐論調」，而事實上我個人每日也在忍耐又忍耐這場人生，這都是因為化解自己的功力不夠，做人彈性不足，才有的結果。忍耐是傷害健康的，因為壓力如山，擔久了必會生病。

更有青年朋友跟我說，詩人中最欣賞陶淵明，這個人，不為五斗米折腰，是個了不起的人——採菊東籬下而去，多麼淡泊。陶淵明不為五斗米，因為他家裏還有人替他種田，讓他悠然望南山啊。這個「不折」，也是有條件的一種灑脫，並非全無條件的。青年孩子，我們沒有田的人，這個腰可以不折，但肚子餓了你能有氣力去採菊花嗎？

青年人的真苦，就在於條件的不足，只有靠時間和持續的成長來開啟哀樂中年之門，這豈是一時便熬得出來的？而大半孩子，急於找尋時光隧道，恨不能一點付出都不必，便來了天涼好個秋。這，哪有那麼容易？

說了很多，都是紙面上誠誠懇懇的一些感想，要是青年朋友不要性急，慢慢的去看，目前也許不會有任何答案，可是十年後，也許感受到的比這篇文章會更深，更明白許多人生的必經之路。畢竟在這條路上，我個人走得也十分不安穩和艱辛，也是一個不算有智慧的人，只是一份真誠罷了。

題目叫它〈少年愁〉，也是因為那首說少年人無愁的詩句感懷而起。少年、青年是真愁的。人生第一境：昨夜西風凋碧樹，獨上高樓，望盡天涯路。這個情景剛剛才由心裏生出，是非常迷惘又無助的。青年節，願與朋友共勉，我們一步一步走下去，踏踏實實的去走，永不抗拒生命交給我們的重負，才是一個勇者。到了驀然回首的那一瞬間，生命必然給我們公平的答案和又一次乍喜的心情，那時的山和水，又回復了是山是水，而人生已然走過，是多麼美好的一個秋天。

三毛

後記。

兩年多前，我剛從遠地做了一場長長的旅行回來。為著說說遠方的故事，去了台中。也就是在台中那一場公開談話結束之後，「明道文藝社」的社長，老友陳憲仁兄邀我次日清晨去一趟設在台中縣烏日鄉的明道高級中學，說校長汪廣平先生很喜歡我去參加學校的升旗典禮，如果能夠去一趟，是十分歡迎的。汪校長自然是早已認識的長輩。當時，立即就答應了，可是為著早起這樁事情，擔了一夜的心，生怕睡了就醒不來，所以沒有敢睡，一直等著天亮。

生平怕的事情不多，可是最怕學校和老師。這和我當年是個逃學生當然有著不可分割的心理因素。

明道中學是台灣中部著名的好學校，去了更心虛。升國旗、唱國歌，面對著那大操場上的師長和同學，我都站得正正的，動都不敢動。就是身上那條藍布褲子看上去不合校規，弄得十分不自在，而那次去台中，沒有帶裙子。

升完了旗，汪校長笑咪咪的突然點到我的名字，說請上台去講十分鐘的話。當時，我沒法逃掉，嚇得很厲害，因為校長怎麼上千百人都不點名，光就點了我——而且笑笑的。

只有一步一步上去了，心裏一直想古時的曹植、曹植，走了七步路出來了一首詩，那麼我走了幾步可以上台去講十分鐘的話？那麼多精明的老師都在看著我，笑笑的。

就說了，說五分鐘話送給女生，另外五分鐘給男生。十分鐘整，下台鞠躬。

說完校長請同學們乖乖回教室去上課——好孩子的一天開始了。又說，要同學跟三毛姐姐道個早安加再見吧！

才說呢，一霎間，男生的帽子嘩一下丟上了天空，朝陽下藍天裏，就看見一群飛鴿似的帽子漫天翻舞，夾著女生的尖叫——就在校長和老師們的面前。

當時，噯！我笑溼了眼眶——為著這不同的一個時代和少年。在我的時代裏，哪有這種師生的場面？

以後，想起烏日鄉，總看見聽見晴空裏那些帽子在尖叫。

後來，憲仁兄問我給不給明道的弟弟妹妹們寫些東西？我猛點頭，說：「寫好了！當然寫！」

《明道文藝》是一份極好的刊物，這許多年來，堅守著明確的方向默默耕耘。它不只是一份最好的學校刊物，也是社會上一股難得的清流，校外訂閱的人也是極多。

就這麼，「三毛信箱」，因為個人深喜《明道文藝》的風格，也就一期一期的寫了下來。

感謝憲仁兄的鼓勵，使得一向最懶於回信的我，回出了一些比較具有建設性的讀者來信。

其實，回信之後，受善最多的人，可能還是我自己。藉著讀者朋友的來信，看見了本身的不足和缺點，這些信件，是一面又一面明鏡，擦拂了我朦朧的內心。這份收穫，是讀者給予的，謝謝來信共勉。

・本篇原為三毛《談心》後記

親愛的。

那天，在熱熱的夏日黃昏，走在台北市忠孝東路的斑馬線上，迎面緩緩走來一個漾著微笑的女孩子，當我們就要擦肩而過時，她突然舉手輕輕摸了一下我的面頰，說：「親愛的三毛——妳。」然後消失到人群裏去。

又有一天，我站在一大堆衣服架子的後面發呆，兩個也在挑衣服的母女對我一直點頭又微笑。最後我們三個人各自買下花式一樣的T恤，做為此次見面的回憶。不再留下地址。

再下來還是我啦，提了三大包塑膠袋，裏面放著三個枕頭和一大床冬天的棉被，苦等有哪一位好心的計程車，肯在這種大雨裏讓我共乘。我站在紅綠燈的邊邊上，每見有車子停下，都上去敲窗。就有這麼一位騎摩托車的青年，看到了那哀哀無告的樣子，向我大喊一聲：「上車來，載妳回家！」於是，我們一起淋著雨飛馳過台北市的街頭。等我下車時，堅持問他的名字，他笑睇我深深一眼，把髮際的雨水一甩，跑掉了。

又來的一次，我拿了沖洗好的照片正預備離去，照相館的大玻璃門被三位西方顧客慢慢推開。櫃檯裏兩位先生、一位小姐這下慘叫一聲：「死啦——我們最怕講英文。」服務小姐立即又小聲的說：「三——毛。」眼睛瞪住我打出狂烈求救信號，我看照相館裏的朋友突然變得很像漫畫人物，就留了下來——幫忙。我們賺了美國人三百六十塊台幣。

又是一個清晨，我推了一小車的菜蔬，再去市場的雜貨店裏買糯米。那種米有長粒的、圓粒的。我問老闆：「請問煮紅棗稀飯哪種米比較好？」那老先生也不答正話，道：「妳呀，嫁人以前，最好把這五穀給分分清楚，不然，不管人的胃，只管人的心，是留不住先生的。」我笑說：「嫁過啦。放心。現在請問煮紅棗稀飯要長米、圓米？」老先生又說：「我思想並不保守，妳嫁過了我也知道，還是再嫁的好。貞節牌坊這東西現在不興了，做人嘛——」我插嘴快說：「我可不貞節。」那老先生把個挖米的勺子一丟，脹起了紫臉，沉聲喝道：「誰說妳這樣子？誰說妳？我這就去打他。」

我在高雄洗頭，付錢時才發覺皮包內的錢夾子放在旅館中了，一時面色頗窘，說：「我沒有錢，對不起。」美容院裏的人笑得東倒西歪，說：「那妳就走啦，明天再來付。難道怕妳逃去美國做經濟犯嗎？」

我在香港轉機回台灣，眼看轉機櫃檯人潮洶湧而自己登機時間逼在眉梢，不免提高了嗓子向「中華航空公司」的林國材叫罵過去。那好人，滿頭大汗，正被一群群返鄉老伯伯快要逼死。一見我，就哀叫起來：「三毛，還不在外圍幫忙安撫！這些茫茫然的大伯伯，沒有訂票，硬來吵鬧。還不快幫忙！妳看我一個人——」林國材看到我，如見親愛的——妳。

在杭州西湖上，我放歌長嘯，唱了兩小時，大雨仍是不肯停。艘公將我划到岸上，說：「同志，上去吧，時間到了。」我對著如傾的雨水，不肯離船。船家又催一次。我離了船奔到一棵大樹下去，車子一時喊不到。這時身邊走來兩對情侶，都打著傘，各人一把，一共四把傘。我吶喊：「喂——同胞骨肉，快來給人遮雨呀，做做好事。」這一下來了七把傘，大家湧在一起。我說：「這是我們在重新演出白娘娘和許仙的故事。」那些人，傘下來自七個省分的中國人，笑得那麼旗幟鮮明。一個大陸女孩子被我一抱，兩個人都把眼淚給迸了出來，又開始再笑，因我叫她——小青。

在杭州回台灣的飛機上，一位西方旅客問我：「剛才死命抱住妳不放的，可是妳的什麼人？」我說：「都是我的朋友們，在中國的。」他說：「妳的朋友可真多，他們一群人都在哭吔，好像很捨不得妳。」我答不出來。心裏很滿。

以上這些小故事，都是人、人、人，造就出來的好風好水。這種事情，天天在生活中發生，如果全得講出來，一千零一夜並不夠，除非生命打下休止符。也幸虧靠著這些平凡的點點滴滴，讓我產生了生存下去的信仰和堅持。

很感謝「講義堂」，給了我一個新的空間，使得我的朋友以及我，能夠藉著書面和透過廣播，擴大心靈上偶爾的相遇和相知，但並不期待任何目的。

在這個日漸快速的時代裏，我張望街頭，每每看見一張張冷漠麻木、沒有表情的面容匆匆行過。我總是警惕自己，不要因為長時間生活在這般的大環境裏，不知不覺也變成了那其中的一個。他們使我黯然到不太敢照影子。

生命的本質，人性的可憫，到如今總算參破一些。也因此，更加寶愛那份仍然可以在生活中得到的一點點純真的愛悅。

也許，透過書信呼應的方式，加上聲音，我們人和人之間，所豎立起來的高牆，能夠成為透明的。或說，不必那麼晶瑩剔透，或而有些光線照亮一霎間幽暗的心靈，帶來一絲欣慰，然後再不打擾，各自安靜存活。

在過去十數年來，收到上萬封陌生朋友的來信，拆來拆去，只見一個個善良但是十分寂寞的靈魂。包括我自己在內，孤寂好似成了一種傳染病，久了，也會習慣。偶爾，有另一個人，給了我一些親切的友愛，內心被激起的震動，方才又提醒了我：「其實有誰耐得住寂寞呢，不過無可奈何而已。」當然，我的要求也並不那麼多，多到不去承擔自己。

我願在這步入夕陽殘生的階段裏，透過《講義》，將自己再度化為一座小橋，跨越在淺淺的溪流上，但願親愛的你，接住我的真誠和擁抱。在這片天地裏，我們確信，得到的是彼此的接納和安全。而追根究柢的大荒，誠實的說，除了自己之外，沒有人能改變你我自造的心境。

「親愛的三毛」這一個專欄，是屬於大家的。其中並沒有人擔任「張老師」或者「生命線」。

我們不過等於進入時光隧道，再演一次宋神宗元豐五年，那——壬戌之秋，七月既望，蘇子與客泛舟游於赤壁之下的——清風徐來，水波不興。

在這每月一次的相聚裏，談天說地，共享人生悲歡，亦為浮生一樂。

這就是我的心，我的快悅了。

・本篇原為三毛《親愛的三毛》序

拿得起，放得下。

曾經我是個快樂的結婚女人，有一兒一女及好丈夫；曾經我充滿自信、熱心助人，自傲為一個婚姻顧問，分析人性，諄諄教誨那些婚姻不幸的朋友；曾經我鄙視那些跌倒站不起來的女人。更曾經，我不喜歡妳，荷西的死，我也認為是妳的錯，我不喜歡看妳的書，我認為妳用妳的經歷來賺錢。

但是，今天，換我跌倒了，在萬萬萬不知情下，我先生有兩年之久的外遇，而且感情陷得很深、很深，我想挽回，但愚蠢的方式，只有使他越離越遠，我開始變得跟那些我曾經鄙視的女人一樣令人討厭。

最近我買了一本《講義》，書中有妳，我開始用新的眼光看妳，我開始用新的眼光看那些沒有男人，仍活得如此有信心、有活力的女人，所以我想認識妳，我想握握妳那充滿自信有力的手。曾經我不願多看妳一眼，今天我卻好想好想，面對面仔細的看看妳，好嗎？

明上　七十八、八、十

親愛的明：

我最欣賞妳的就是，在妳來信中表現出來的君子之風。妳對於婚姻中出現的第三者，沒有二話。對當事人之一——丈夫，也沒有批評。妳只在信中痛恨本身的不夠堅強。

其實我一點也不討厭目前的妳，這種反應都相當自然而合理，因為我們並不是鋼筋水泥做出來的硬體，我們是——人。我們是有血有肉有知覺的人。

我不敢拿妳的故事來做文章，我只有把「自己打成比方」，跟妳像一個朋友般的談談話。

在這幾年來，我常常省視本身所走過來的路，發現一個有趣的統計，那就是——「使我一次又一次成長的動力，都是當年我所反抗、所不肯承擔的逆緣和逆境。」

如果妳瞭解過這種個性的人，如我，或說——我們。我們大半具備了一種潛能，這種能力，在挫折來攻擊我們的時候，初看起來，我們跟一般人一色一樣受苦，或說反應甚而更甚於某些人——我們受傷很重。

等到傷到某一個沒有退路的定點，起碼在我的性格裏，我一定開始反擊命運。

有的人說，命運是不可改的，這我也同意，可是在那不可更改之中，我鼓勵自己改變我的心境。我不只是冥想派的，我認為行動也很重要。我會在思想、行為上，一步一個腳印的去改換我的精神體。我今日試一兩步、明日再走三四步，等我後日大退了一步時，我就給自己放幾天假，沉浸在又一次的沮喪裏一段時日，然後我又重複以前的功課——只有一個目標——我的快樂，是做為一個人生存的權利之一，我要年年月月日日時時的追尋它，至死方休。

在一切的逆緣和挫折裏，我們不只能夠得到太多人生的體驗，同時又一度考驗了本身的韌性其實真強。那種東西，我叫它生命力。

不，我不再跟任何人談忍耐，我不要那忍字心頭一把刀。如果我不能改變客觀的環境，那麼起碼主觀的我，可——以——化——

親愛的朋友，化，是一種魔術，它的秘訣也是——千變萬化。這蛻化的過程，也只有自己知道付出過什麼代價。

化了之後，某種使我們痛苦的人和事，都不再有本事傷到我們。那叫做——解。

在這幾年來，被我所化所解的心境環境和我本身的性格太多太多，但我並不是全無執著。

只有真誠與熱愛，是我永不放棄的品質。如果有一天，這兩樣也被我化掉，那我不活。明，勇敢起來，告訴自己說，先生有了外遇，不是世界末日。也要對自己殘忍一點，在這種時候，妳或可容忍自己一兩年的悲痛，或者種種千百樣複雜的滋味。等到時間差不多了，就當給自己一鞭子——如果妳還不能跟那向上的心去合作。

有一天妳想挽回，妳想放棄，都是勇氣的表現。智、仁、勇三字，我都喜歡，但有智、有仁而無那實踐的勇氣，一切都是白談。

在那下決心的一剎那，就等於劍客們不輕易出招一樣的道理。不要失去理智和情感的平衡，在三思之後，妳拿得起，妳放得下，就如一出劍定下江山——義無反顧。

明，我當妳是我的朋友，對妳講了我目前的做人對事。請妳相信我在這看似無情的語言裏，藏著一份乾脆明瞭的深愛——對這些茫茫苦海中不知航向的人群。那也包括了我。

我不過是講了一些內心話，無意請妳受影響。親愛的朋友，人生很短，我們拖不起太久。

有沒有伴侶，固然重要，在不得已的情形下，請妳也給我鼓勵——一個人的日子，也可以活得有光有熱有信心，最重要的是，我們也並不是——失愛的人。

愛，是一種能力，原動力，出在要先愛自己。如果冥想一時不能使我們頓悟，那麼，如果我是妳，我會去改一個髮型、買兩三件新衣服，然後，提起精神來，來個家庭大掃除，還不夠，我會再放三盆欣欣向榮的盆景。這就是現實生活中的自救——行動。

在這種時候，讓我緊緊握住妳的手。堅強起來。親愛的朋友。

三毛

我最欣賞的一首歌。

親愛的朋友：

歸納了一下這個月的來信，大部分讀友所希望交換與瞭解的，竟然是我目前對待生活的態度。

這真是一個令人深思的話題，也因此使我透過眾多來信，又一次看見了朋友們早已建立起來的共識之網。我們很貼切的分享這一個方向的默契。它真是優——美。

近年來，我非常欣賞一首歌，這首歌，在我生命的追尋恰好走到人生的半途時，箇中滋味的品嘗，確實恰到好處。

我很喜歡朋友們和我一同共享這首歌，無論什麼年齡和地區，想來都能有所感。

看破浮生過半　半之受用無邊

半中歲月盡悠閒　半裏乾坤寬展
半郭半鄉半村舍　半山半水田園
半耕半讀半經塵　半土半民姻眷
半雅半粗器具　半華半實庭軒
衾裳半素半輕鮮　肴饌半豐半儉
童僕半能半拙　妻兒半樸半賢
心情半佛半神仙　姓字半藏半顯
一半還之天地　讓將一半人間
半思後代與滄田　半想閻羅怎見
酒飲半酣正好　花開半時偏妍
半帆張扇免翻顛　馬放半韁穩便
半少卻饒滋味　半多反壓糾纏
百年苦樂半相參　會佔便宜只半

以上是李密庵所作的〈半半歌〉。

正好，使我用了半生的領悟——使我——一笑。

以這首歌的一半，送給：台中，方之。高雄，婷婷。成功大學建築系，廖。台南小雅。不許刊出名字，自稱——可憐朋友，以及一位去了台北市東區就會消沉的無名氏。當然，我們不會忘記在遠方服役的吉米、大寮鄉的娟、台北縣兆華、海邊淑玉、寫了十一張信紙來的小小。也記得阿馬。加上愛人群的亞亞。還有香港張彼德和他的朋友。加上中國大陸竹青先生、廣州親愛的凱旋。澳洲達昌。婆羅洲莉英。花蓮威中。英國雲鳳。馬來西亞國良。比利時親愛的彥。

三毛

愛，是人類唯一的救贖。

總是在想念、想念，特別在這幾天裏，非常渴望能夠找到妳。附上我父親逝世的剪報和訃聞。

我永遠不能忘懷，當我們一同在台灣旅行的時候，看見了一長串快樂光輝的花車行過街頭，我說：「看，一個馬戲團！」妳說：「不，Irene，那是一場葬禮。看那花車上懸掛的照片，大概超過九十歲。」三毛妳又說：「嗳，可以慶祝他的勝利了。」

雖然如此，永別父親的時候，還是艱難。

我又想起在機場分別時妳對我說的話，妳說：「當我們再見面的時候，可能已經不再是現今的我們了。」

那句話，是真的。我已不再是從前的我了。

愛妳的Irene 美國

親愛的老師：

我將妳的信譯成了中文，打了長途電話，得到妳的首肯，這才公開了妳我的信件。就因為前數月，我們一同在台中附近旅行，碰上了一場典型的「地方式葬禮」，使得我們的話題轉入了——人的消失。

我記得曾經對妳說：「在我們中國，八十歲以上的人遠走時，訃聞可以用粉紅色。九十歲之後，甚而叫做喜喪——鮮紅都行。」

妳問：「這是為了什麼？」

我說：「在古老的中國，紅色代表了一切的好事，是用在慶典中的色彩。」

「死難道是好事嗎？」妳又問。

我說：「Irene，妳也明白，《聖經》上說：凡事互相效力。意思就等於中國人所謂陰陽互調的道理。觀察死亡的廣角不只四十五度——」又說：「一個人，活到九十歲以上，才向世界告別，簡直可以說是一場生命戰爭的勝利，不能算做喜事嗎？」

妳笑指著「那隊馬戲團」，聽著音樂在大氣中愉快的散發，問：「那妳的勝利也定在九十嗎？」

我大笑起來，一拍車子的駕駛盤，說：「我嗎？人生五十，唯缺一死。等著，快了。」

妳突然流下了眼淚，說：「真的，妳夠本了。」

當時，我順手抽了一張化妝紙丟給妳，不再說一句話，繼續專注的開車。

今天，親愛的老師，妳九十四歲的父親走了，我注意到妳特別用了一支大紅色的水筆給我寫下一場妳與父親的別離。

妳懂了，老師。

這並不表示妳不難過。

不過，還有一點，我忘了跟妳說。Irene，親愛的老師，在這世界上，沒有人能單獨的消失，除非記得他的人，全都一同死去，不然，那人不會就這麼不存在了。

在我們有生之年，即使失去了心愛的人，如果我們一日不死，那人就在我們的記憶中永遠共存；直到我們又走了，又會有其他愛我們的人，把我們保持在懷念中。

這麼一種「不息的循環」，的確運行在我們生活和思想裏，它不只是安慰妳的話而已。

我始終認定，愛，是人類唯一的救贖，它的力量，超越死亡。

老師，是考驗妳堅強的時刻了。要不要撲到妳學生的懷裏來？我很樂意。實在太孤單，就飛來台灣好嗎？

三毛

性格造命。

很可笑的一件事，但希望妳把這封信看完，好嗎？

她就要嫁人了，我很深、很深、很深愛的人就要成為別人的妻了，她曾經要嫁我，那時我太年輕又沒任何本錢，在我仍年輕仍無本錢而又在當兵時，她說她要嫁給一個小老闆了，她曾經令父母氣得病倒，現在她覺得唯一能補償的，就是嫁給一個她父母都喜歡的「優秀人選」，而我，我是一個她們一家人都反對的人，於是活該我要受這撕心的苦。五個月，將近五個月沒見到她了，她家人不讓她接電話，不給她收信，為的就是怕她又見到我，又改變主意，又不肯嫁人了，但費了千辛萬苦，我終於在前幾天又尋著她了，她哭著說依然愛我，但無法再和我在一起了。我呆在一旁……情何以堪。我是一個學廣告設計的，還沒當兵時，我的薪水最多只夠送她一套衣服或一件不太貴的金飾，但那是我無限的心意和深重的情意，如今卻讓一個有錢的小老闆給輕易的否定掉了，我費了多大的力氣使自己平靜的告訴她：「只要妳幸福就好，我只希望這樣。」然後再微笑著送她上車。上帝知道我的手在發抖，抖得像心跳傷痛的速度，原來連最愛的也無法自己握住，一切不是光「愛」就可改變……最令人心碎的是她那依然深情的眼神。

並不指望妳會對這無聊的事情有任何表示，我只是很需要一個人來聽我說完它，親愛的三毛，我真的只是覺得可以告訴妳，而明天，明天我的傷口說不定會因傾訴而縮小。謝謝妳看完它。

Ching一九八九、八、二十四

Ching：

你的來信一點也不無聊。正好使我再度證明了一句話：

「命運的悲劇，不如說是性格的悲劇。」

女孩子的性格——造成這場變局。

你的性格——造成這種局面。

至於父母、家庭，當然另有他們具備的「家族性格」。

一個人，容忍自己用出「撕心的苦」這四個字來，還在寫信給「親愛的三毛」，在三毛這方面，深受震動之餘，還牽動了另外一點義氣。對不起。

Ching，她還沒結婚，她只是快要結婚。懂不懂「蕭何月下追韓信」的故事？黑夜中奔馳呀，去補救一場眼看就要錯失的機緣。用你的想像力去想那當時的情景。多麼壯烈而積極呀。蕭何太有眼力和決斷力。

我是一再強調三思後行的一種性格。都把心給痛成撕裂了，還不行動嗎？那就是——你的命運了。請速讀三次：《史記》，卷九十二——〈淮陰侯列傳〉。你我就不會氣短。再加入，你個人的專長——廣告設計，推銷自己。把這些常識，遷移到你處理愛情的方式上來——隨機應變。

這是一種說法，對一個朋友。

另一種看法，是更偏向東方人生哲理派——塞翁失馬，哦——等等看，將來你另有什麼收穫。

天下事，沒有絕對的正負，有所得必有所失。有所失，才能空出地方來，再加一些什麼進去。噯，都是好的。

三毛

滾滾紅塵舞天涯。

親愛的朋友：

自從「親愛的三毛」加入《講義》之後，得到了熱烈的迴響與呼應。這些來信，在效率與行政觀念的前提下，一封一封分別回答，已經無濟於事了。

於是我省視、分析、歸類、綜合這些百分之五十五以上朋友內心的呼喚，得到了一個明確的方向：

世間兒女，在這苦海中浮沉，竟也有那麼多的靈魂——強烈渴望的，並不只是完全為了麵包。有些人類，除了能夠吃飯之外，並不能就這樣對生命不再提出其他的要求。哦，我們太棒了。

於是一封又一封的來信，如同漫天飄落的柳絮，在春天的情懷裏，想把我們的心，慢慢慢慢——落實在什麼未知的追尋裏。

於是在這些來信中，我看見了、聽見了，一顆顆在情天孽海裏，無以自拔的心的嘆息：哦，三毛，我的要求那麼卑微，我不過想把我的心掏出來，交給一個普普通通的男人或女人；哦，我那麼的悲傷而迷茫，我什麼都不能專心去做——只因我成了情感的奴隸。好朋友，未曾謀面的朋友，你不必因此而產生挫折感，因為你們的朋友三毛，也是一色一樣的人。哦，讓我們來輕輕的、悄悄的歡呼，原來我們並不孤單。

情感，難道真在生命中佔據了如此巨大的力量嗎？是的，因為我們為情所苦的人，對自己內心的欠缺，實在太真誠，而且現實。不，這不是外界炒股票、房地產、六合彩的現實。我們將金銀財寶都視為浮雲，我們把自身愛的投訴，現實到成了我們的股票。哭哭笑笑。

噯，既然如此，既然我們想、我們沉醉、我們愛，那麼這件事情，必然有著它的價值和迷人之處。

不，這並不是太危險的事，天下任何癡迷的背後，都有我們的心甘情願。它，不可能一無所取——我們也不是白癡。

如果你，或說我們，或說百分之六十的來信——亙古以來的「愛情動物」——而且不太永恆的——在一次又一次的「事件」裏被三振出局的同時——笑一笑、痛哭三次、想自殺……你不會的，因為你哪裏就此甘心的——下一步，再度為了情，又掉了下去。恭喜你，你已經不再是初戀的你了。

於是在一次一次的教訓中，你意識到了——滄桑。於是你不知不覺的成熟了，看清、漸悟了情字，是幫助我們脫離苦海，最偉大的老師——加上你的合作與歷練。

不過，你還是要小心翼翼的反省，當當心心的利用往事——創造你的未來。你不再失足，但是愛的火花昇華為一種偉大的情操；你為了愛的能力而去付出，你的回收只是使命的昇華，而不是那小鼻子小眼睛，再加一條短短的繩子——想綁住一個在你床柱子邊五公尺的囚犯。

做一個囚犯固然痛苦，那看管囚犯的牢頭，其實不是更苦嗎？

讓我們在這情天恨海中，舞一場漂亮的探戈吧。舞呀，舞呀，曲終人散的時候，你如果舞得出神入化，你會發覺，懷裏的人自由了。你也自由了，釋放了，你將是一個「跟自己和平了的人」。

滾滾紅塵舞天涯。

等你看見了山、河、大地這些高空大景的時候，你再寫信來——兩個字——給我，說——成了。

三毛

廣告遊戲。

既然妳近年來已不再輕易動筆，卻加入了《講義》，這必然因為妳對這份雜誌有著那麼一份敬愛。

我是一個生意人，很明白，一本沒有廣告的雜誌，在成本上只依靠訂戶和零售，是太艱難了，更何況《講義》的紙質編排都使我滿意。

可是近來已有三封讀者投書，說廣告太多，提出意見。我個人方面沒有問題，倒是想聽聽妳對此事的看法。

我當妳是個朋友，不要因為答不出來而產生壓力。謝謝。

林正賢

正賢：

以前我曾經說過，個人每月閱讀雜誌二十五份以上。那是保守的估計。如果將我在書店中翻閱的雜誌加上去，五十本不算誇大。

一本尚可翻閱的雜誌，往往因它們做了一些粗陋不負責任的「低級廣告」，使我產生反感和成見，就不會買下。

我們看一本雜誌中的廣告內容，絕對可以分辨出，這屬於社會上哪一種思想行為的人在認同它。

我總認為，一個成功的企業機構，是一群對於當前社會形態最能「洞明練達」的類別之一。不然他們不可能成功。

當一種產品在這個社會中被認識、接納、被喜愛、被人心甘情願的為它建立口碑、成為它的忠實主顧——之前，誠實的廣告，是一種必須。

於是，這就涉及到一項專業：「推廣的藝術」。

我個人極愛形形色色的廣告。原因很多。

初看任何一幅廣告——倒不一定是平面的，廣告使我本身知覺到那流轉變動時代的個人參與感，我可以由此知曉社會的走向。我當然不會全都去買下人云亦云的產品，但看過之後，我的常識又豐富了一些，而不會使我產生在這時代巨輪中落隊的挫折心情和事實。

我看一幅廣告，先看它整體的藝術效果，絕不拆開來馬虎看看。再看同樣的廣告，那就局部分析。看看圖片、色彩、文字說明、空間安排、尺寸大小、品牌性質，以及這幅廣告投訴的對象大概以什麼族類為重點。

如果一幅廣告使我的視線盯住它十秒鐘，還抓不到主題，它就被我放棄了。又如果一幅廣告使我欣賞一小時以上，一個星期以上，而我在一個月內還不能忘懷那份真誠的美，我就要按著指標去拜訪那份產品了。我去求證。

這就等於一場「心理呼應藝術」的成全。

在廣告中，我們可以想見，那群智商極高的廣告人，如何用盡心思，以品質保證為他們的信用，而經營出來的「埋伏與引誘」。我叫它廣告心理學。

我認為，在心不心理的學問中，最重要的仍是廣告良知。廠商分析我們消費者的一切，我們反過來也欣賞他們群體合作推銷，同時更享有孤軍受擊的趣味以及明察秋毫的自我取捨。

這麼一來，由這個角度去看任何廣告，等於完成了一種免費的遊戲。很喜歡。

正賢，常識是一個龐大的迷宮，它不只使我們只針對文章這單一項目，找到出路。還有太多迷藏，躲在四面八方。

廣告太重要了，我將它當成豐富生活的一環，是一種不可或缺的常識加上與時代同步的成就感。

三毛

迎接另一個新天地。

雖然目前的我對生命茫然無知，對生活懷疑、困惑，也正由此，更需去開啟一道屬於自己的門。

我的目標是自由，希望能做到「脫去束縛我生命中一切不需要的東西」，但是這對現在的我，簡直太遙遠了。

有些怨恨語言，卻又愛它，一切感覺訴諸語言、文字後，都變了樣，總不是原來的面貌，為什麼人一定要靠語言來溝通？

此信只有一個目的，感謝老師，謝謝。祝妳

平安

學生平戈上 七十八、八、三十一

平戈：

「脫去我們生命中一切不需要的束縛」是三年前我說過的一句話。如果你注意到「需」和「須」這兩個字中間不同的定義，那麼這句話的方向就更明確起來了。

在人類多元化的生活訴求中，什麼是必須，已不再是爭議的話題。它沒有標準，尤其在今日「人人學習尊重他人」的走向中，已不是個大問題。

前幾天，一位跟我認識了二十二年的老朋友，相約晚餐，在這不相見的半生裏，我們各奔前程，沒有刻意見過面。

跟這位朋友的談話，一拉拉回到我們的青年時代。我說：「想當年我們也是雄姿英發的在做夢，怎麼就少了今日這份從容和自由的體會呢？」

他很平淡的說：「當年我們都在池子裏呀。」

就因為這一個簡單的比喻，我將我的生長過程，做了一份來龍去脈的整理。

我是這樣以人為本位開始分析的，不將大自然放進這一個類似的定律中去。

好，我們是人。人在出生以來，尤其是幼年少年時期，很難脫離一般的「成長依靠」而獨立存活。在這極受限制的過渡時期中，我們被局限在一種「遊戲規則」中。不能輕言犯規。

於是當我們在不可以犯規的情況下，沒有太大的可能，不乖乖的去那個水池中，去做池中的魚。

好，我們要當心，不要變成一條引人注目的大魚，不然，一旦被池子的主人所注意，賦予我們永遠在水中的大工作，我們就一輩子跳不出去了。

在那不出水池的守望期中，我們不疾不徐，我們利用這「守」字，培養自己的潛能。十年二十年，不算太長。

有一天，時機成熟了，我們突然發現，那一池淺水已然不再存在，我們如此自然的破空飛躍出去，看見了廣大的天空。在這個變局中，人生的另一步，出來了。那是「守」之後的「破」。

「我明明飛出了水池，我犯了規，可是身邊的人不說話、不批評。」因為我們已然破局。全新的生活模式、價值觀念，也就得到了建立的空間。

在這破空而去的步驟中，我們必須掌握一個簡單的條件——經濟獨立、精神獨立，甚而心有餘力。

「當我們不再是任何人的拖累時，人們就對我們放心、肯定、漠視。這時候，自由的能力，在一碗陽春麵或者滿漢全席中的出神入化，已沒有了區別。」

好。我們由守而破而化，這三個連貫的過程中，必然已經有所改變。

在這自然的轉變中，我們走上了另一個境界——「我不再參與一般的遊戲規則，我無所謂。」

我們慢慢在不傷害任何人的自信中，懂得了「拒絕的藝術」，而他人無傷。當我們也受到他人拒絕時，我們又培養了一個溝通的檢討和反省，以及學習絕對的客觀。

很平衡的，我們在化過之後，又有了另一番了悟。原來我已創造出屬於自己的遊戲規則。

在這份知覺中，我們看清楚了一份生活的品質。我們昇華了。

「人為物累、心為形役」的無可奈何已成過去，那處身囹圄中的我們，被自己釋放出來。我們內心的宇宙，如此飽滿豐富，而對於外在的情、愛、名、利，也並不看輕，但是已不再是它們的囚犯了。

在這個飽滿的品質秩序中，我警惕自己：不要太滿、不要執著，不然又不自由了。好。我將自己的生活，不必特別看守太牢穩，我因此可以空出一些地方來透透氣，給自己更大的空間。等於是我捨棄，為了迎接另一個新天地。但不刻意。

這希望是接近了參破。這時間我意識到，我已沒有了「遊戲規則」。鬥無邊為之法門。不設規則，又怎麼談犯規呢？

在我目前的生活中，我滑出了自由而不規則的舞步，包括那「導向自由的律令」都不再是一個僵硬的目標——我無求。

可是一般性的工作，就去做呀。不必逃避它們嘛。安安穩穩的負責，並不累人。朋友，這不過是交換心得而已。說不定，「我的陽關道，正是你的獨木橋。」「你的巧克力不巧恰是我的砒霜。」自由和束縛的解釋，人人都有說詞。

「量材適性」這句話，我們都了然的。對嗎？

三毛

逆境來臨時。

我很興奮也很激動妳在《講義》闢個專欄。在《鬧學記》的前面妳父母為妳所作的序中有了初步認識，妳是那樣健談、大方，具有親和力，到過很多國家，認識很多國度不同的朋友。因此《講義》「親愛的三毛」專欄所回答的問題，一定更為實在豐富，在此為妳打氣加油。

不知妳對推銷員瞭解多少？這個暑假我在一家錄音帶公司推銷整盒的音樂產品，這對於本來喜歡音樂的我，無非是一項好事。但由於工作上所遇到的挫折，加上本身個性所造成工作的「心態」不良，因此常在團隊中拖累大家，自己認為已經盡力了，但業績總是不良，或許我還有潛力，但我實在不知如何發揮，這可能是自己的心態所造成。一位推銷員心態的影響非常大，它往往決定推銷員的氣勢，有了氣勢，才會對產品有信心，面對挫折所受的傷害也越小。在此想請問三毛大姐，一個人的個性是如何形成的？如何能培養好的而去除壞的？（這裏的個性並不是習性）當妳處於逆境時如何化險為夷呢？兩個很籠統的問題，希望能透過三毛的豐富

人生有確切的回答。先謝謝妳。祝

教安

李之未 上 七十八、八、二十八

之未：

在我盡心投入一件工作前，我不會貿然。以我的個性來說，如果自認在一件事情上盡心盡意，而沒有成績，我會放棄。我趕快去試試其他潛能。然後將它發揮出來。

一個人的個性和生理基礎，有著不能分割的關係。我的個性由基本上看來，一生掌握住了大方位，並沒有絕對的改變。

可是我的「習性」，常常在「檢討自我、分析自我」中，改了太多。處逆境時，以目前的階段來說，我一定安安靜靜的解剖造成逆境的原因，再把原因和自己本身「對位」。我會發覺，逆境大半是自己無意中造成的，錯不在他人。好，我修改自己。

在我們的一生裏，什麼關卡要冷靜停止、什麼時機當放手一搏，都可以清楚的，如果我們肯去「客觀的觀察、思索、行動」。

當然，「停止」，也是一種行動的解釋。

個性的修改，也不這麼難，你我如果能夠把自己做到「置之死地而後生」的境界，再加上實踐的同步，是很有可為的。

在我的逆境來臨時，是我生命力量最具戰備狀況的大好時機。哦，又可以去打仗了，真好。

三毛

生活比夢更浪漫。

我是位十六歲的女孩，不過，我可以自大的說我的心智很早熟，很多年輕朋友愛做的事，我都很少接觸。國中畢業後，原本滿懷雄心大志的我，卻因落榜休學一年；這一年我沒去工作，卻活得生不如死。其實說來話長，倒不如談談妳吧。

每隔一段時間看妳的作品，就會有不同的感受，有時甚至激動得流淚，為什麼妳的文字看起來淡泊卻含有那樣豐富的感情？是灑脫？還是……

我覺得妳不像那些拚命往上爬的人，等爬高了，爬累了，才回過頭吐出一肚子感言，妳根本就像活在小說裏一樣。說真的，往往那些特別愛沉迷於夢幻之間的人，才最懂得現實。

我在想，妳似乎對自己還保留了很多，而那些如果不是妳懶得寫，便是文字無法形容。其實也不一定要把自己掏得乾乾淨淨給人看，一個人怎麼活，那是他的渴望，別人是無權品長論短的，不是嗎？

我自認不是個好教徒，但我確實百分之百相信上帝的存在。這並不可笑，告訴妳吧，這是我從藝術中悟出的道理。我已經決心把未來的人生奉獻給藝術了，對我來說，那是僅存最永恆最真實的東西。我的心早已死了，是這世界的不完美害死的；既然心死了，何必活著？這就是重點了，因為上帝不許我死，如今死了的心除了做心還沒死的人不愛做的事外，還有什麼呢？

我的野心原先很大，但一死便什麼都不想要，人生百態嘛，我也看煩了。返璞歸真，活得純真才是我想要的。該說我是個無奈及逃避的人嗎？我好想找個地方隱居，我不想結婚，卻希望有個英俊並和我有同樣夢想的男孩在一起，不為生活、孩子之類的實際問題煩惱，但我知道這樣的人太少了。我有一個荒謬的理想，想徵求妳的意見，如何？

我打算好好學歐洲各國的語言，然後到歐洲、美洲去旅行，我沒有錢，但我不想當有錢人，我只想一邊旅行一邊賺旅費，偶爾在孤獨時奏奏音樂作作畫，徜徉在大自然裏。我是個無政府主義者，因我早已看透了那人為的假象及束縛。我只要能不餓死、凍死就滿足了，睡哪兒都無所謂。而且我希望在三十五歲以前死去，因為我要的日子是不為後半生做打算的，我無法承受中老年後無家可歸無事可做的狀態，並且我可能不回台灣。說到這兒，有個實際的問題想請教妳：除了結婚及留學之外，怎樣才能一直待在國外，不用幾個月或一年就飛回台灣，因為我可能會從一國到另一國旅行，不能說回台灣就回來，而那樣的簽證要如何辦理？比如說我在法國待三個月，又到西班牙旅行半年，我既不可能辦觀光簽證，又不能在那兒念書，那外國如何會讓妳居留呢？我的問題很可笑吧，或許這也是一個夢，但我會盡力去實現。寫到這兒，不增加妳的負擔了，希望妳能跟我通信，好嗎？

願神祝福妳

育如

育如：

妳的青年人的大夢，實在太可愛。不過，一個沒有長夜痛哭過的人，不配講悲傷。一個每遇挫折都要痛哭的人，還是不必三十而立了。當然，我們的承淚力是不相同的，妳可以有理由哭。

一個十六歲的女孩子，說：「我的心早死了。」又說：「都是這世界的不完美害死的。」果然是一個十六歲的人講出來的句子。恭喜妳，妳仍會有好多其他的名言，在三十一歲時，必然講得出來。不要生氣，等妳十七年以後，再生我的氣不遲。

妳說，人生百態，看煩了。

我說，我比妳大了一倍多，怎麼「盡在書生倦眼中」的我，還只是倦眼看著而捨不得闔上呢？

育如，妳有好多人生大夢，怎麼不挑一、兩樣走進夢中，去品嘗那好夢成真的滋味？親愛的朋友，在妳信中，我看不見妳的早熟裏，明白「現實生活、柴米油鹽」中最厚實的意義。這沒有錯，真的。妳懂得的倒太早了。

妳的理想都很輕，正因為妳年輕。這很好。

育如，我沒有看不起妳，我只是略帶微笑的在想像，那三十五歲以後的妳。我們都是這麼長大的。育如，妳的潛力非凡，因為妳肯思想。這是最可貴的人生至寶。三十五歲以後，正是人生顛峰時期的出現，怎麼能放棄呢？至於說老，那等於是我們一生「收穫大季」的來臨，太好了。它沒有妳想像中那麼難堪。

至於說妳想周遊列國，不要家庭、不要固定的職業，不要在一個地方居留太久、不要有小孩……不要這個、不要那個，都是目前心態下、有其原因的「不要」。我猜妳，被那升學的壓力給鎮住了吧？聰明如妳，不可以如此小兒科的。

育如，人不能沒有夢。年輕人特別有權利做夢。可是許多人都不能算年輕了，仍然把夢想和理想分不清楚。

夢想，可以天花亂墜，而我們懷抱這種心態，無情蒼天都被我們的想像力弄成下了花雨，而我一朵都不拾，也不感到悲傷。

理想，是我們一步一個腳印踩出來的坎坷道路，我們要得著這條「道路、真理和生命」，就得一日一日慢慢的去走——踏踏實實的去走。在裏面付出汗水和眼淚，方能換得一個有血有肉的生活。

生活比夢更來得浪漫。如果我們懂得做一個凡夫俗子，那刻骨的滋味也就為我們大張筵席。在妳的年齡看來，或說我的十六歲，哦，不過家常小菜嘛，其實滋味不凡。

至於說旅行，那就去呀。不要來問我怎麼辦？怎麼辦？親愛的育如，我走了五十九個國家，都沒有問人吔。妳自己去做自己的闖將，可以的。只要妳心不死，做什麼都有希望。當然，不向父母要錢。

三毛

路，是自己走出來的。

親愛的青年朋友：

有關出國留學、遊學、旅行、觀光的來信已經積存好多封了，看見青年朋友滿懷夢想的來信，心中總也很受震動。

雖然來信的內容形形色色，歸納起來，結論卻只有一個，就是問號、問號又是問號。噯，真好。

在這兒，我想講一個故事，做為這一切有關出國問題的總答。有一年我在巴黎，向一位能講英語的法國人問路：「請問，由這兒走路到蒙馬特區要多久？」那個法國人說：「那妳就走呀。」我又問：「請問，由這兒走到聖心大教堂要多久？」那人又說：「那妳走呀。」我再三的問他，得到的回答都一樣令人費解。於是我嘆了口氣，看他一眼，轉身大步走了。沒等我走完五步，我聽見有聲音在喊：「喂，回來回來。」我呆住了，盯住那人看。這時那個法國人說了：「好啊，以妳這種走路的速度，從這兒到蒙馬特，需要一小時三十分左右。」

為了證實這位指路人的話，我那天的步子，就保持著大步走的速度，結果，費了兩小時又二十分。主要原因出在，我花了五六次的停頓，用來看地圖，每次十分鐘。

親愛的青年朋友，我們的能力不相同，在國外遇見的困難也不會相同。我們的性格不同，處理事情的方式也不會相同。我們的目的地不相同，懷抱不相同，對於經歷的創造、取捨也都不可能相同。因此實踐的過程中，我的任何建議不見得對你有益處。

人在外邦走路，「膽大心細」是必備的條件。將那逆旅當做順境，將那五分苦比做七分樂，將那七分苦比做十分苦的減法，還賺了三分不苦。就算初到國外，什麼都不能適應，我的秘訣就是拿「死」字來當後門，大不了還有一死，怕什麼。這麼一來，不但死不了，反而活得不亦樂乎。

生命的樂趣是靠自己去創造的，小小挫折正是柳暗花明的最好解釋，實在不必擔心自己承受不了。

我的看法是：近年來我認識的那群出國的青年朋友，最大的損失就是錢帶得太充足，反而失去了許多化腐朽為神奇的金錢運作經驗。可惜。

三毛

我字典中最重要的兩個字。

剛把《多情應笑我》闔上，不肯死去的心承載著疲憊與情愛，又是一則千萬人中似曾聽說的故事：女孩被強暴了，男孩不計前嫌的愛她，她回復同等的愛及等待；等了五年，等到他父母首肯，他卻在結婚前將積蓄賭光，理由是為了讓她過更好的日子。他請她再等兩年……她三十了。她美麗善良，可惜命運多舛；他忠厚誠懇，可惜意志力不堅。

故事沒有結局，歲月卻不停的流轉。

它不美麗，卻很真實。

眼淚涼涼的淌在枕頭上。夜，卻無論如何也不肯走遠。

平凡女子　七十八、十一、九

親愛的平凡女子：

妳知道嗎？在我的字典裏，有兩個很重要的字，一生不可或缺，就是——擔當。

當一個人，承諾了一件事的時候，如果對方沒有改變心意，那麼這一方，也就不改。

就因為這種觀念，我不輕諾。絕不。

世界上善良的人很多，自制力強的人也很多。相對的，意志力薄弱的人，也同樣滿街都是。

對於某些守不住自己欲望的人，在金錢的愛欲上，賭博很可能成為一種致命的吸引力。這種以為自己一定贏錢的心態，實在樂觀得接近幼稚。再說就算手氣好，贏得了全部，卻等於將自己的快樂建築在他人的痛苦上。這種方式，無論如何，是不可取的。

自己犯下的錯誤——誤了婚事，叫對方再等兩年，就是嫁禍於人。沒有擔當。

誠然，愛，是無怨無悔的，上面講的只是理念，不是愛。如果妳愛他，妳還是會等的。

至於一個女孩子被強暴，並不造成她人格上的污點，她的身體，也仍是乾淨的。這種觀念很普通，請妳不要以為這件事情將成為本身條件上的欠缺。

至於說，愛妳的男朋友，不必把這件事情以——我包涵妳的曾被強暴來證明我對妳的愛。女孩子也不應該從這個角度去感激對方。

春蠶到死絲方盡，就是妳這種人。

三毛

你得把它當情人。

我知道您會滿多種的語文，卻不知您的學習過程是怎樣？我今年已高三畢業，讀的是基督教學校，六年來的英文基礎並沒有打好，只因痛恨英文老師。其實現在想想，那是一種曾經的幼稚，也是現在的損失。

目前我在出國升大學的補習班補托福，準備兩年內出國，但難過的是我不曉得如何使英文進步，也難以適應沒有基礎下的填鴨式補習，然而這都是必須的。所以我想知道您的學習過程，或許您的精神或方法可做為我的參考，能否說得詳盡些。

親愛的三毛阿姨，請您好好照顧自己，也希望您快樂。祝您

在心中

朱慧綺敬上 七十八、十一、二十一

親愛的慧綺：

語文是人類之間溝通的第一要素。如果妳要念好語文，在心態上一定要以——愛人類，為基本出發點。

我從不將語文當成平面的東西，我將它們看做生活的一部分，它是活的。我的外語不好，不過，跟人溝通沒有問題。

在能夠開口之前，我當然還是依靠老師、書本和錄音帶，一天大概付出十六小時，如此短短一年，就去利用環境將自己的語文更加生活化、立體化了。

在中國，我們學習語文，往往十二分注重強記和苦讀，卻比較忽略彼此的交談，這是十分可惜的一件事。書本是一種方式，交談是另一種更加富於人情味的活潑學習，兩者混合起來使用，那份事半功倍的成績，是明顯的。

當然，在任何一場談話裏，我們除了字彙的使用之外，本身的內涵也是極重要的。這倒不是只有外文，在中文交談裏，也是一樣。

我並不認為填鴨式的補習方法是必須的，那只有使人視語文為苦刑。久而久之，不能使人心動的東西，當然會被放棄。它太僵化了。

我們進入任何一種興趣的原動力，絕不可能是為了應付考試。我堅持，人的一切出發點都是——熱情。

革命的熱情、戀愛的熱情、追逐金錢的熱情以及學習的熱情，在基本上必須存在、燃燒，才能夠產生推動的意願和力量。

對待語文，我們非得把它當成一位熱愛的情人，懷抱喜歡親近它的熱忱去對待它，不然什麼方法都沒有力量。對待情人，只會默寫文法是不夠的，「妳得開口」，以種種的句子，告訴對方，妳在愛著他。

三毛

一位新疆女子的來信。

我估計我是第一個和您認識的中國最少的少數民族——新疆的朋友了。

我想認識您的理由有以下幾點：第一，我非常喜歡您寫書的文筆。第二，您在書上曾提到有段時間您在學習繪畫。第三，好幾個同學都說我平常的所作所為很像您（我不知是否真的那樣）。因為我在這裏經常不符合大眾要求，很出格的，詳情我以後會再細講（當然那得有機會能認識才行）。總之，我硬著頭皮把這封信發出去。新疆是一個非常獨特的地方，和您去過的地方都不同。如果您能對新疆的風土人情感興趣，能有機會來新疆遊玩，我會非常高興見到您的。在這裏人們都講各種民族語言，我可以給您當翻譯，我會講哈薩克語、維吾爾語、克爾克孜語、過幹爾語，加上漢語，所以由我來給您當嚮導不成問題的。真摯的希望您願意認識我，並且能來此遊玩、觀光。

對了，忘了最重要的一句話：「我非常敬佩您！」我也不知道該怎樣稱呼您才對，祝您快樂。

中國新疆人　芙列娜　一九八九、五、九

列娜，妳好：

妳是我知道的第四個新疆女孩子。

至於我們性格中異同的地方，只要是人類，多多少少都是會有的。書中的三毛，並不是我的全部。

我的嗜好是看書和旅行，妳呢？

謝謝妳的邀請，恰好我剛從新疆回台灣。新疆的確非常獨特，同胞們對外地去的旅者也十分友愛。

讓我也祝妳快樂。

三毛

櫻花戀曲。

您好。我只是個平凡的女孩，但卻沒想到竟會在自己身上發生一份不平凡的戀情——異國之戀……一個中國女孩和一個日本男孩，連自己都覺得不可思議，雖然他在日本，我在台灣；雖然我們一年只能見一次面，雖然我們只靠魚雁往來，或是越洋電話……但我仍心甘情願的愛他、念他，眼裏再也放不進其他男孩……多少次我告訴自己：「沒用，如此執著下去一點用也沒有……」可是，可是怎麼辦呢？放不下就是放不下……

親愛的三毛，您曾經也有過這般的體驗，請告訴我，如此的執著是否值得？如果我們想廝守一生，可能嗎？請原諒如此愚昧的問題……但是我真的需要您告訴我該怎麼辦？祝

好

玲兒敬上　七十八、九、十二

玲兒：

讓我在這裏跟妳講一個故事。

有一年，我的一位異國朋友第五次來台灣看望我。我們一同去了台北市萬華區的龍山寺。

在擁擠的人群裏，我將背包往朋友肩上一掛，說：「看好袋子，我這去跟神講講話。」

求得了一支籤，我和朋友一同去領籤文。我說：「答案出來時試試看押韻翻譯給你聽。」

朋友見我一排一排數字找過去，就說：「問了神明什麼事情呀？」我說：「婚姻嘛。」接著用小長籤棒子輕輕敲了一下他的額頭。

朋友聽見問的是這回事，笑得傷感。他說：「也不必去找答案了。妳這姻緣一時未到。」

我問他：「你怎麼說？」

他說：「婚姻是人生大事之一，如果當事人自己心裏都不明白，難道神明比當事人更應該了然？」又說：「反之，如果妳對這件決心已經一清二楚，還會再來求神拜佛嗎？」

我說：「兄弟料事如神，果然如此。好，我們去吃木瓜牛奶吧。」
玲兒，對於妳的來信，等於沒有回答，實在對不起。一笑囉。

三毛

簡單人物。

我是您年前到過的蘇州的一所大學（前身是東吳大學）中文系四年級的學生。

您在大陸印刷的書，我基本上都看過了，也算是一個「三毛迷」。閱讀下來總的感覺是您不太像東方女性，大約是受西方文化薰染的緣故，引用傅雷先生（大陸一位傑出翻譯家甚至教育家）的話說：「如果東方的超脫、明哲、智慧與西方文學的熱烈活潑、大無畏精神融合在一起，人類可能看到另一種新文化的出現。」雖然他說的是文學，但用來概括您個人的文化品味亦應如此吧。

我正在寫畢業論文，題目是〈論三毛〉。

估計您收到這封信的時候已是我們民族的春節了。台灣的習俗大概是大年三十晚上全家圍坐在火爐邊「辭年」了吧。好像還有「初一早、初二嬌」的民諺。

希望您能給我的論文寫作做些指導。

平時不寫繁體字，大概寫錯了不少，好在您也常寫錯別字，想必您會原諒我的。祝您

健康快樂

蘇州劉偉一九九〇、一、八

劉偉：

三毛是一個十分簡單的人，她的作品更是簡單。這種題材不合適拿去做論文的，因為難度反而高。你以為呢？

江西省少年兒童出版社，出過一本集子——有關三毛作品介紹分析，你或可去翻翻看。那本書，是以少年人為對象的。寫得非常中肯。

我沒辦法對你的論文做指導。想來你是明白這句詩的：「不識廬山真面目，只緣身在此山中。」

簡體字我也可看。不拘繁簡。

謝謝你的友情。

三毛

自然的簫聲。

我今年二十五歲，在屏東鄉下有份固定的工作，這裏空氣新鮮、人民淳樸、生活悠閒。每天早上，可以打一小時籃球，在回家途中吃一份不超過十五元的早餐，回家冷水淋浴一番後，走十分鐘的路上班，與工作夥伴相處愉快，工作也順利，晚上回到家，太陽仍未下山，有一整個晚上的時間聽音樂、看書、學外語，有藝文活動時，也都會參與。偶爾星期假日知心好友一兩人相約去郊遊健行。

這樣的日子真好是不是？

但是周遭親友包括我的父母在內，認為我個性太保守，只想待在鄉下地方，不肯去大都市發展，在他們眼中，我好似沒有用的男人。

我從不認為平靜的日子不好，自認有個乾淨而安詳的心靈，書和音樂成了我最好的朋友，物質外在的享受我一點也不愛，但這個社會根本無法容許二十五歲的男人有如此「出世」的想法，可是我已走上這條「不歸路」，將來我還會繼續走下去。三毛，能告訴我您的看法嗎？祝

好

仁心敬上 七十九、五、三

仁心：

你的表達能力真強，短短一日的平常作息，被你描述成為一章田園詩篇。

你的書信充滿著對生命的欣然與滿足，這是因為它的發源地來自你靈魂深處那歡悅的一角。真的，這種日子實在是太好了。

收到這樣優美的來信，心裏好似被一陣微涼的晚風吹過。我親愛的朋友，謝謝你送給我們這幅安詳生活的圖畫。

至於說，別人如何看你，那與我無關。

而我又對你有什麼想法呢？

我想，你是一位生活大師。
你是——自然的簫聲。

三毛

不許向惡人妥協。

當我開始提筆寫這封信時，我已經做了決定，心中平靜，但我仍忍不住要向別人傾訴。多少年來，我獨自一人走在人生道上，所有的苦楚莫不化為淚水往肚裏吞，可是，這次的困境不似從前咬著牙就能過去，他的逼迫、他的騷擾，使我嘗到身不由己的痛苦，我屈服了，卻有千個不甘願，但，我實在是無路可走了。

我父親是個賭徒，他的一生就輸在牌桌上，也許，他沒有想到，連我的一生也被他輸了。一個月前他車禍去世，起初我大大的鬆了一口氣，我的家今後不會有不三不四的人出入及打牌了。可是，哪裏想得到，父親欠了一些人的賭債，有些債主看我們姐弟三人孤苦無依，無親無故的，更念在我是國立大學的學生，也不跟我討了，有些則要求對折分期付款還。只有一個債主，苦苦相逼，原來是居心不良，要我下海為娼。天哪，好歹他也是看我們姐弟三人長大，搬了無數次的家，他總是會出現在我家裏打牌，竟然對我說出這樣的話，我這才知道什麼叫做

「厚顏無恥」。

他不斷的騷擾我、威脅我，甚至說若我不答應，則去跟妹妹說，聽到這，我實在忍不住了，他抓住我的弱點了，我沒法子反擊了。

高中時就被爸強迫和他輪班抽頭，當同學都進入夢鄉時，我卻必須從半夜十二點一直站到四點，還要去買早點回來給那些「伯伯」吃，然後睡一個小時，又匆匆忙忙叫弟弟妹妹起床上學，我到校時，無法早自習，一坐上我的位置就想睡覺，升旗也不參加，同學對我都是輕視多於同情。後來我把家中情況告訴一位好朋友，她起初是同情，後來也是疏遠、輕視。高中生涯就這樣孤獨的過完。

但，事實上我是很少怨天尤人的，我堅信「天助自助者」且絕不向命運低頭，況且我有最親愛的弟妹。我們三人早已同心，共同努力奮鬥，終有苦盡甘來的一天。對未來我們充滿信心希望，依我的條件明年畢業即可找到一份優渥的工作，找到一個好人結婚。但，如今，所有的夢都碎了，我必須生活在陰影下，到一個弟妹不能接受的地方，想到此，活下去的意義一點也沒有。

不知道還該寫些什麼。有時候會羨慕妹妹，至少她有我可以依靠，可以撒嬌，而我呢？卻獨自承擔起這一切。天上的父，是否拋棄了我？

父親生前曾告訴我，以後要回到他的老家去看看，他生長了二十五年的蘇州鄉下，我不知道我會不會去，如果我去了，表示不再恨我父親。

下海，我的一生就結束了，也許債還清了，就跳入河裏，讓河水洗清我這個人吧。

三毛，人的生命並不是全操在自己手上，是不是？再見了，謝謝您。祝

平安喜樂

無名氏　七十九、四、六

沒有名字的妹妹：

看了妳的來信，實在很痛心，在這種關節上，妳居然忘記了常識的重要，妳幾度在信中向這個逼迫妳的人屈服，完全不懂得冷靜保護自己，就預備去向命運低頭，妳的書白念了，妳的智慧又在哪裏？

我說了妳，對不起。以我的常識來分析這件事情，它仍是可以處理的，「妳不可能去下火坑」。閒話不說，我們來分析：

一、快向地方法院具狀申請「拋棄繼承」，不是妳單獨一個人，包括妳的弟妹在內。

這必須假設妳的父親尚有遺產可言，不然光是拋棄債務而無財產可棄，便於事無補。申請「拋棄繼承」必須在親人死亡兩個月之內。這一條對妳好像用不上。

二、向妳居住地的警察分局刑事組報案。妳必須提出這個逼迫妳的人事實威脅的證據，例如說：錄音帶。

錄音這件事情現在很容易，市面上有一種極小的錄音機，下回那個人再來騷擾妳的時候，注意，往這個方向講話，引他明明白白的講，暗錄下來。

當妳向警察局報案時，交上去的不只是錄音帶，最好再將錄音抄一份書面紀錄同時附上，這樣警局處理起來比較快速。

妳的弟妹可以是證人，但因血緣關係，他們的證詞，可信度在法律上會打折扣。

市面上也有一種錄音電話，操作簡單。妳自己看情形要用什麼方式，確實掌握住對方的談話內容實錄。

三、債務糾紛，但看借據，口說無憑，再說又是賭債，一般來說，這屬於「民事」。欠債還錢在法律上有著一定的程序和步驟。「逼良為娼」卻是刑事，對方以這種方式恐嚇妳，等於對付一個無知的文盲，恰好造成了妳控訴他的條件——你們不但快拉平了，妳還略勝一籌。

以上講的都是法律。很遺憾的是，如果對方不尊重法律而對妳使暗的，那就麻煩一點了。

我們先不要悲觀，走一步算一步，不可以屈服、不可以懦弱、不許向惡人妥協，也不要害怕。

親愛的妹妹，我沒有說太多同情妳的話，只為了那是徒然。勇敢起來，面對挑戰，發揮妳的潛能，注意健康、擦去眼淚，現在妳需要的不是上天，而是位律師。不要去街上亂找律師牌子，請再來信。不要擔心律師公費的問題，總之不要擔心。如果妳有可信任的律師，就請自理。

妹妹，人間還是有著溫暖和友情的，不可以自棄。謝謝妳來信給我，期待妳再給我報個消息，以免懸念。愛妳的姐姐三毛再嚕嘛一句：「不許妥協。」這種屈服，輕於鴻毛，值得嗎？

三毛

三毛再次寫給「無名氏」的話：

請告訴無名氏（七月號無名氏小姐）千萬不可以下海，請告訴她，天底下曾經負債累累的，不只她的家庭，再多的債務總有還清的時候，只要全家一起努力，這正是試煉自己的時候。下海的女人，不管是什麼樣的女人，什麼樣的原因，沒有好下場的，不是沉淪不能自拔，甚至因情慾焚身而喪生情夫刀下，即便從良，依然為人不齒，請無名氏要多加考慮，人生只有一次，不能重來啊。知識如果不能讓無名氏堅強，那麼以她的情況，可能還有更多的苦頭要吃。順祝

平安

一個曾經想下海，而如今活得自在堅強的女孩，給她由衷的祝福

三毛

做一個鞦韆架上的小英雄。

救救我，我不知道該怎麼辦？我媽離家出走了，老實說這已經不是一次兩次的事了，當然，我爸打我媽也不是一天兩天的事了，從我有記憶以來，我就知道「爸爸會打媽媽」。過年的時候，不知道發生什麼事，媽媽又出走，一直到今天都還沒回來，也沒打一通電話回來。

而爸爸也因為媽媽不在家，每天不是出去喝酒，就是在打麻將，都不做事（他不知道媽在哪裏），回到家總看不到他人，只看到二妹在家，我覺得爸爸沒有責任感，難道日子就要這樣過下去？

我目前是個國四班的學生，現在是我最重要的時刻，我不希望這些問題一直困擾著我，但是總抑制不住自己一直去想這些問題。祝

身體健康　心想事成

Simbel 七十九、二、九

由於家中訂閱了《講義》這份優良的雜誌，得以知道您的訊息，心中萬分喜悅與滿意。曾經許多次我與父親處於冷漠的狀態下，他曾在我與哥面前打我所摯愛的母親，甚至拿刀要砍她，也曾經想拿領帶勒死全家，所以他在我心中的地位，您也可知道一些了。雖然他所做的一切，皆是在酒後失去理智的情況下。

記憶猶深，在我小學三年級時，他經常酒醉毆打我，年紀尚小的我，只是驚嚇與無助。而國中時，父母三天一大吵，五天一打架。在國三那年，父親與母親大吵一架之後，原本以為風波平息了。但接到一通電話，父母親便著衣外出了。在家的我及哥哥都深深擔心他們是否會在外頭吵架，時間由晚上七點多等到十二點多，外頭是風雨交加。後來，我聽到外頭有車聲，趕忙到陽台看望。卻看到父親從自用車走出，沒有母親在旁。我心冷了，有說不出的惶恐、擔心。當他進家門之後，只是睜著通紅的雙眼，向開門的我說，他對不起我媽……說完便哭了。我已遺忘當時自己是如何奔出去的，在深夜中，在風雨中，我叫著我媽的名字，望著每一條空蕩的大街小巷，生怕媽媽會被人欺負、被人搶劫。但又能怎麼辦呢？回到家中，那個「父親」已呼呼大睡了，我好想殺他，打他，踢他。

小莊 七十九、二、四

說真的我要求的也不多，只不過希望我爸別再沉迷於六合彩，我媽也別專注於股票行情，回頭看看他們的兒女，何時已將曾有的笑容收藏起來，昔日的幸福早已隨風飄散，伴隨我成長的是一個空寂、冷漠的家。我多麼盼望自己在上班、上課，疲累了一天之後，能有個「像家」的家，等待我回去享受天倫之樂。如今三兩天不碰見他們，早已是常事，我真的想問他們究竟關不關心我？

在別人眼中我是個懂事又認真的女孩，卻沒人看出我滿心傷痛，真覺得好累好累。親愛的三毛，我並非別人眼中乖巧、懂事的女孩，在我內心深處，我真有點想「自暴自棄」，既然家人不在乎，我又何需那麼認真的安排我的生活呢？不爭氣的眼淚再次潸然落下，可不可以告訴我怎麼做，才會讓我心平氣和、順理成章接受這些「不會變的事實」，讓我的心好過點？祝

平安

寶貝　七十九、二、二十一

各位親愛的少年朋友：

在這兒我想講兩個真實故事做為答覆各位來信的序幕。第一個故事是十五年前我在歐洲報紙上看來的報導。

一位初做母親的英國婦人，在嬰兒出生以後的三個月內，抱著孩子跑了六十八次醫院急診室求救，而她的孩子不過是哭了一下或打了噴嚏而已。英國法院對於這位母親的裁定是：將這位嬰兒交由托嬰機構代養，不再屬於她。法律褫奪了一個人做母親的權利，理由是：此位婦人欠缺照顧孩子的能力。

以上那場判決，令我再度印證了一個觀念，教養兒童和少年，不但是父母的責任，社會也有權利。

現在我們將另一個故事拉到台灣來。散文作家亮軒，有一年在台北市國父紀念館撿到一個走失的小孩子，孩子在深夜中大哭。亮軒將這個孩子抱住，安撫他，叫他不要驚慌，孩子不哭了。這時候孩子的爸爸找來了，上去就給了孩子一個重重的耳光，又喝令小孩跪在石凳子上。亮軒去請來了警察，警察也沒有辦法。亮軒跟那父親理論，結果那位父親指著亮軒痛罵，叫喊：「我的孩子要怎麼打是我的自由，你少管閒事。」

我們再來加一個故事：三毛的朋友不爭氣，夫妻兩人一天到晚吵架，有一天深夜裏，接到電話，那邊哭得聲嘶力竭，喊：「阿姨快來，這一回爸爸媽媽要打死了。」三毛趕去不是為了勸架，而是想帶走那飽受精神虐待的孩子，結果可想而知——他們大人至今仍在打鬧中度日，孩子不放手，繼續在傷害中成長。

親愛的青少年朋友，各位的來信對我並不陌生，這類「不負責任父母傷害子女」的哭訴，十五年來在讀者來信中佔了五分之一的比例，我從不找那些已經無藥可救的父母去談，我跟孩子們做朋友，當面談許多次、許多年，直到他們進入平穩期。

在這場人生裏面，我親愛的朋友，最重要的生活密碼，我認為是本身心態的均衡。好，我們假想生活是兩種必須玩耍的遊戲運動器材，一種是鞦韆，一種是蹺蹺板。

蹺蹺板一個人不能玩，我們無可選擇的只有讓生活中的父母、手足、同學、老師，以及社會上與我們共同在大環境中的人，坐在對面。

於是，我獨自坐在板的這一邊，很孤單的，而那一邊上來的人，很可能因為體重的關係，一來就將我彈到空中去。這時候，我們不能要求對方減肥，減成與我們並重，而對方也不肯把腳鬆一下，放過懸空的我們。我們只有用智慧去對待這場遊戲，想出辦法來，使我們平穩落地。蹺蹺板的情況很多，各位其實在生活中都坐在一塊板上，有沒有意識到這個比方呢？

另外一種遊戲是打鞦韆。這可以是獨立的，推著鞦韆跑幾步，跳上去，自己用腳蹬。鞦韆也可以是他人在我們的身後推，一次兩次三四次，把我們推得大幅的擺盪起來。那些推動我們的手，也就是家庭、學校、社會的代名詞。

親愛的朋友，在人生的開始時，我們大半都在打鞦韆，等到學會抓穩的方法時，才能跨上蹺蹺板，試試看自己能不能與他人平分秋色而不受傷害，進而共同創造美滿人生。

話題終於繞到各位的來信內容了，親愛的朋友，在沒有「健康爸爸、健康媽媽」的情況之下，就不必去要求父母陪你們坐蹺蹺板——他們欠缺能力。這種父母會把你們拖下來使你們失去平衡，不要理會他們了。你只有堅強的踏上那屬於你的一塊小木板，去做一個「鞦韆小英雄」，這個過程中，父母並不幫忙推你。

在別無選擇之下，只有不要求打架賭博的父母給與合理的愛；他們連自己都愛不好，又如何懂得愛兒女。

其實，在一個和平有禮、高尚祥和的環境中生活，是每一個人，可以向家庭、社會要求的權利。很可悲的是，這個世界失去了平衡，我們的權利變成了夢想。在這不得已的情形下，我們只有以「反求諸己」來求取內心的健康。

許多年來，每當見到在行為上特別平和的人，我總會去問一問他們成長的過程。除了資質特優的人以外，一般智力，但是表現優美的人，大部分都會告訴我，說：「我是經歷過許多挫折之後才變成現在這種樣子的，我相當珍惜目前的生活。」

我也見過一些始終自暴自棄的成年人，他們直接傷害家庭、間接傷害社會，而他們的理由卻相當慎重其事：「妳知道，我受過一次很大的打擊。」我問：「只一次？」他們說：「一次難道不夠毀了我嗎？」我看著這種人，不再說一句話。

親愛的少年朋友，人生的取捨與好壞，說穿了十分簡單，不過是一個「決心」的問題。一次決心崩潰，不要拖到一輩子，傷口好了的時候，再下一次決心。三次痛下決心以後，你應當對於人生的方向有了「生涯歸納」。雖然命運無常，可是無常的變化，你將不再視為畏途不去迎接它。

磨練這回事情，就如同風雪中的梅，越冷它越開花。逆境，由這個角度看過去，也產生了意義和光輝。

我親愛的少年朋友，千言萬語的叮嚀，其實比不上一個瞭解的擁抱。在拆閱各位來信到現在的好幾個月裏，我一直把各位悄悄抱在懷中，沒有出聲。請原諒我遲了的回信，並不因為我在旅行，而是，我一直在想，想怎麼字字斟酌的向各位表達。好，現在寫了這封信，我的手又空了，如果各位喜歡，歡迎投入我張開的手臂。謝謝親愛的你，告訴我成長的艱難，謝謝各位讓我分擔。有心事，再來信給我，請不要猶豫，三毛姐姐愛你們。我們不孤單。

三毛

如何面對婚外情。

您好，恕我直切主題，不做客套。

我和先生結婚十年，婚前交往三年，三年中先生每天一封信，無日間斷，見面時亦然。當時我不曾對他的在外行為有過絲毫的懷疑與追究。因此當今年初他自承另有愛人，時間也近十年時，我簡直不能相信這情深義重的人，在與我結婚的同時竟另譜戀曲。在一整晚的翻江倒海後，覺得一輩子的淚都已流光了，心裏的悲哀與受創，無語能形容。十年不是短時間，我竟無知、愚昧至此地步，自以為天下第一幸福人。先生直問：「難道妳就容不下她？」「難道就不能包容，非要逼死她？」豈是容不下她，實是容不下我自己。我自雲端跌落，渾身是血，已無力自保，何能逼死她？我不願在這污穢的環境繼續下去，我要離開。第二天我留書表明寧缺勿濫的態度求去後，外出繳納當月份的房貸與會錢。回來時，先生已看過留書，以為我走了，淚流滿面、痛哭失聲。他表示從沒想過會失去我。事情在一天一夜內明朗，也在一星期內花了錢解決，如今一切煙消雲散，回歸平靜。但在我內心的痛，還一直持續著。我看了很多這方面的書，什麼《走過婚姻》、《再入紅塵》的，但還是不能平靜。是不是也請您撥空在《講義》雜誌回我幾語，以醒我失心之苦，於此深切期待。言語雜亂，敬請原諒。敬祝

安好

亦雲 七十九、六、四

親愛的亦雲：

「婚外情」的來信在我以往十數年收信比例中來說，佔去了四分之一強的統計，這一回我們不再只是以「重建生活」做為方向，不如更積極的來面對這件事情。

在這裏我想藉著一個小故事來開場。

多年前，我的先生必須離開迦納利群島回到西班牙本土，去接受十九天的「深海潛水」再訓練。那是我們相識第十一年，結婚四年。先生邀我同行，我為了省路費，不肯去。在那分別的十數天內，先生每天與我連絡，回家後卻直接告訴我，他結識了一位女孩子，接近陷入情網，又說：「要不是結了婚——」

我的第一反應相當複雜，箇中滋味包括很深的自責。我的行為反應是投入了他的懷中，不能說一句話。

三個月以後，我看先生常常黯然，卻不再提那個女孩子的名字，我內心的痛楚和歉疚更深了，因為對方是一位對我丈夫也付出了真情與熱愛的好女子。後來我誠懇的問先生，要不要我回台灣一年，讓他們兩人在生活上相處一陣，如果他們美滿，那我就自尋生路。一旦他們因為瞭解而分開，只要先生一個電報，我就飛回去，我還是要他。又如果，三個人一同接納觀念，親愛相處，那就三個人同時下決心做好親密朋友、家人和愛侶的事實，真誠相待，不分彼此。

先生聽見我提出如此的處理方法，嘩一下撲上來，抱住我流下了眼淚，當時我也哭了。一年以後，我們坐在陽台上看秋日海水的夕陽，我摸摸先生頭髮，問說：「還想她嗎？」他略有所思的說：「那種愛情，屬於一剎永恆的完成，難忘。至於說我們之間，生活的恩和情扎得太深，天長地久了。」

兩年後先生溺水過世，我一個人默默生存。有一天我在家中種菜，院子外面出現了那位女孩子，我滑掉了一大包手中的玉米種子，向她奔去。我們兩人緊緊擁抱在一起痛哭失聲。

後來我先生至愛的朋友，一位攝影家要求接納我，我卻將這位好女孩介紹給他。他們結婚了，得了一個小男孩，取了我先生的名字做為紀念，孩子喊我：「中國媽媽。」

亦雲，我將這個故事中四個人的情操，請妳，以及讀友分享。如果當年我與先生的結合，不是雙方都已在人生裏出生入死的歷練過，我們的處理不可能如此超然和昇華。是的，在成長過程中，我們夫妻的路途，都相當艱難，表面上看來卻是一片天真爛漫。

婚外情事件，除了習慣拈花惹草的男女之外，一般來說，並不只是「對」和「錯」就能斷人生死。情感也不只是一張結婚契約就能夠保證的。一個人同時愛上了兩個人也是人性的一種可能。欺騙的背後，存在著太多的因素，也不是絕對的惡所能解釋一切。軟弱的背後，又有著千千萬萬個成因，而勇敢真誠這件事情，能力不足以及怕痛的男女是不願去迎接的。

妳的事件，是妳先生在一開始時為了怕妳痛苦，為了怕他失去妳，而做了隱瞞，使妳失去了與一個親愛的人，共同承擔苦樂的義務和權利。結果他更加重傷了妳。至於事後的處理，妳採取了「快速結帳」，這很堅強，但是不合自然。人是血肉之軀，情感的來和去需要時間，妳將十年恩情一夜之間硬要一筆勾銷，在法律形式下，以金錢解決。在情感上，錢不能解決種種新仇舊恨，痛苦當然產生、延續。妳沒有給自己消化痛苦的良藥——

時間。

我親愛的女性朋友，請一定去瞭解，那些可能使我們快樂和深悲的男性實在不如我們想像堅強。男人不過是人，他們有感情、有矛盾、有掙扎、有良知、有痛苦、有歡樂，也有眼淚。身為一個男性，社會要求他、家庭器重他；男性的無力感是如此的值得分析和同情，他們背負的壓力，實在太大了。

這也使得某些自信心不足的男子，在面對某些表現好強的妻子時，轉移了情愛，去愛上另一個比較柔弱的女人。女性的堅強，往往造成男人不被她需要的錯覺，外遇原因之一，因此產生。當然，因素太多，不只是以上的分析。

亦雲，任何一件使我們痛苦的事情，都當從深層去分析那造成痛苦的癥結，不然我們無法將自己從苦難裏釋放出來。

我的朋友亦雲，瞭解吧，同情吧，憐憫人性的諸般愚昧和軟弱，欣賞人性的可貴和真誠。切望堅強的妳，在這場「人性攻擊」裏，學習到對於一切人間事的哀憫，而不只是單純的不再信任人以及繼續傷害自己。

亦雲，一個有智慧又同時有血有肉的人，不該用他的聰明去欺騙自己，說：「我已沒有了明天。」人，在死亡以前，不可以放棄對於建設美好生活的大志和雄心，這是我的堅持。

我們的功課是化學。親愛的朋友，化解吧，融合吧，妳我並不孤單，我們仍是相親相愛的人類。亦雲，讓我擁抱妳，與妳分擔，把這份傷心，慢慢分期付完好不好？愛妳。謝謝妳給我們思考的機會。

三毛

人生的幸福與痛苦。

在妳的觀點裏，什麼是人生最大的幸福，又什麼是人生最大的痛苦？
請不要左一個角度右一個角度，請主觀的講出妳個人的價值觀。

希聖

希聖：

當一個人，印證了世上存在著另一個人，與他真誠相愛，就是幸福。
當一個人，被他視為最親愛的人所欺騙時，人生極大的痛苦之一，於是產生。

三毛

小時候的迷惘。

愛應該是沒有對象或常態與否的分別吧？

我從小就只對同性有豐盛的愛，小時候的我很自在，不為此煩惱，但長大以後，外來的壓力導致內心的壓力，越來越感傷害。有許多人不分先天因素或後天因素，以同性為喜歡對象，我覺得這是一種自然，人們硬要強迫我們去改變，不過是在改變自然罷了。這種事本來就不是民主，需要少數服從多數，這只是一種愛，愛是不該分對象的，不是嗎？有人生來愛異性，但也有人生來愛同性，這世界本來就凡事有例外，凡事有例外才是一種社會常態，不是嗎？我是一個基督徒，但當我看見宗教對同性戀的不諒解，我就看不見神；我其實知道有好多仁愛的人在我們社會，但當我看見人們對同性戀的排斥，我又看不見仁愛在我的世界裏了。

明　七十九、六、二

親愛的明：

我實行這兩句話：人類之間，要彼此相愛。天地萬物，也要去愛。謝謝。

三毛

假性同性戀。

我讀的是女教會學校，每天通車上下學，校車上有一位學姐——我不知道自己怎麼了，每天早晨我量好時間出門，只為了遇見她，我接近她的朋友只為了瞭解她，我的日記上寫滿她，我的心裏都是她……在校車上只要聽見她的聲音，我便心動不已，我將那張千方百計得來的她的照片，放大又放大，加框又加框，每日每日唯一的喜悅與希望，就是那短暫的上下學車程……我這樣愛她，但是她卻不知道。

在這個還是尚未完全開放的社會裏，我知道Homo是不被允許接納的，所以，我們也只能「假裝正常」的過日子。這一次實在太不小心了，怎麼又去愛上學姐？我和一個同班的女朋友非常親密，我們彼此都是真心的，但是我實在很容易被迷惑。今天，她就為了我和學姐的事和我吵了起來，直到回家也不同我說話。我表裏不一，外表總是吊兒郎當，滿不在乎的模樣，其實我是在乎她的。她也知道，但是卻這樣令我為難、傷心。

我愛她，也愛學姐，但為什麼她們都這樣讓我難過？

活得好累。幸好，我還年輕，大概死不了吧。

小雋 七十九、一、二十

親愛的小雋：

我想再說一次，這個信箱的主要性質，是溝通、瞭解、分享、分擔、交換人生心得、彼此鼓勵快樂健康，而不是替讀友解決問題。我個人的成熟度永遠不足，不敢向任何人提出太多解決方法，不然我的歉疚感會很深，那就不自然了。

我親愛的朋友，請自己分析一下妳本身生長的環境：一間女子教會學校。

妳所謂的Homo，沒有用中文書寫，而用了英文，可見妳躲閃了一下。我相信「同性戀」這個中文字，妳是故意不用而不是不懂。

以我旁觀者的角度看來，這是一種「假性」的心態，是因為小雋妳的情感豐富，又在一個沒有異性並存的環境中生長，而產生的傾向。目前先不要立即對自己定位好不好？

在我初中的時候，我也曾經因為熱愛過一位同班女同學而跟她偷偷「海誓山盟」，後來我們長大了仍然親密，但是已各自婚嫁，想起以前來就會大笑。那時，我們還刺破了各自的手指，寫下「血書」以記愛情。

當然，當年我因為休學，而改變了生活方式，使我得到一個「強迫因素」而淡化了跟這位女同學的交往。如果小雋妳學校畢業以後，還是繼續熱愛這份感情不去淡化，那麼「假性同性戀」會被引發成「真性」，那就是妳自己的承擔和選擇了。請求參考我們之間的溝通，這並不是指導。

好，現在我們來將兩個英文字弄清楚。

Homosexual的意思是指：同性戀的，同性戀的人。Lesbian的意思是指：女性同性戀的，同性戀的女人。以上形容詞、名詞通用。

至於妳目前的情況，先不要在前面兩個字中立即給自己定位。我想請問妳，另一個英文字怎麼講：「同性愛」。請妳告訴我。

無論哪一種感情，無論是哪一種，佔有心太強，都是痛苦的泉源。我認為。

三毛

希望您別笑我傻。

這世上真的有神嗎？我不信。有一個長得清秀的小女孩，被她的堂哥強暴了。而今，這女孩已經長大，卻永遠逃不出這黑暗的陰影。這女孩獨自默默承受這種難忘的痛苦。而今，只有對三毛阿姨您傾訴。這女孩常對自己及上蒼感到懷疑，為何純潔自愛的女孩，會受到上蒼如此不公平的待遇。在我的內心中，時常有「恨」及「自殺」的念頭，我常常會想到那件事，內心忿忿不平，讀書都無法專心。今年大專聯考捲土重來，生怕自己又落榜了，自己讀的是所名女中，同學大多很順利的當上新鮮人，而我卻活在噩夢連連的世界中。時常在想，自己是否要趕快投胎轉世，遠離充滿「恨」的生活。不知為何，對未來已沒有希望，很想對別人傾訴內心的結，卻怕別人瞧不起自己，只好寫信向您求救了。希望您別笑我太傻，沒有身歷其境的人，是不懂其中精神上的痛苦與煎熬，以及身體上的折磨。希望三毛阿姨能寫一篇使不幸受害者重新站起來的文章。期待您把我從地獄中帶到人間。祝

怡然

受苦的人 七十九、六、六

受苦的孩子：

我不能因為妳的年紀小就去拚命同情妳，而不為妳做另一份重建。

孩子，妳先深呼吸三次，再看下去。

被誰強暴了，都沒有什麼大不了。當做被瘋狗咬了。這件事情已經造成了妳性格上長久的傷害，難道這還不夠嗎？妳還要在內心去擴大、膨脹，再度演出這場恐怖片嗎？妳要回想幾萬次才使自己得到滿足？妳又滿足了嗎？

我看見妳相當積極在吸吮妳的傷口，難怪它不能結疤。我看到妳怨天，我看到妳尤人，我沒看到妳跟向上的心合作。

強暴妳的人，妳有恨，這是當然。「以後在意念上一再強暴妳的人是妳自己，妳去恨誰？」

如果天下諸神，全都要把人類背在背上行走，那麼祂們就不必創造我們的手和足了。

如果自殺可以解決問題的話，那麼世上沒有活人。

我跟妳講，這世上不是只有妳想自殺，許多人想自殺。妳給我好好的活下去，直到妳年老，如果到時候還是要自殺，那我陪妳這個傻子去死。

有痛苦，應該講出來，妳忍了那麼多年才向我傾訴，我是不是疼惜妳的孤單？我是不是疼惜妳早些不講？我是不是可能怨怪妳的家庭、學校以及我們的社會，為什麼早先沒有人給妳足夠的愛和信任，使得妳孤零零的在如此黑暗的深淵裏獨自摸索？寫到這兒，我流淚了，親愛的孩子，我們大人對不起妳，讓妳受到了無依無靠的成長。

我沒有輕視妳，我更沒有理由瞧不起妳，妳仍是清秀純潔的。我想把妳那害人的堂哥繩之以法，關起來，讓他不再去傷人，妳的氣也平些。而妳會不會與我合作呢？妳不會。妳連地址姓名都不肯留。

受苦的孩子，在妳成長的過程中，不要拒絕他人的手拉妳一把的誠意，過去的事情既然已經過去，就當下決心不再去多想它。再說，妳沒有犯錯，沒有。

「恨是一種極苦，不要讓它靠近妳。」如果妳需要心理輔導，請再來信給我，我們請專業醫師幫助心理重建。在這兒我一開始就對妳當頭棒喝，是一份苦心，妳要是被這一棒打醒了，倒是好的。不要太肯定三毛絕對沒有如妳一般的身歷其境過，她深切的懂妳，原因妳去想想。她活得下去，妳也活得下去。她不自殺，妳不自殺。前面的話，妳再去想想。看了我的回信，請再來信連絡，妳不好好活，我不會放過妳。

三毛

一份警戒心。

雖然我的年齡和閱歷皆淺薄，但是我並不是無知，只是對人生這門大學問，越是想一窺究竟，心中免除不了畏懼和迷惑，但是我總是告訴自己要勇敢的接受一切的試煉，方可撥開雲霧。

我的大姐曾經跟我談到對人的信任度，她說：「對於任何人，都不可太信任，必須存有適度的警戒心。」但是我卻頗不認同，與其保持一份警戒心，不如坦誠一點對人，自己也舒服些。祝

一切如意

玉琳 七十九、六、二十九

親愛的玉琳：

防不勝防的例子太多了。適度的信任他人，是社會結構的基礎，不然我們活不下去。妳大姐過分信任他人的主因，往往出於過分相信自己處事的能力，這很大膽，我也不為。妳大姐的話有道理。

三毛

讓痛苦往事隨風飄。

我是一個孤兒，當年來台因年幼無知，未曾受教，許多人生道理的問題，有待指教和回答。最近在《講義》中看到「親愛的三毛」專欄，以下有幾個問題，想請三毛幫助解答。

如何讓往日的悲愁與歡笑，從此不再浮現腦海？

我不願再回憶往事，生怕再勾起往日難言之痛，但是又忍不住去回憶它。要如何才能忘掉它？本以為獄中生活會使我心情平靜下來，未料卻使我心力交瘁。如何讓無邊的寂寞、孤獨、煩悶與苦惱，離我遠去呢？歷歷往事常日夜浮現心頭，有如無法跨越的沙漠，橫阻了我前方的路程，使我陷入無邊的黑暗。在現實繁忙的生活中，我每天醉生夢死，沉迷在燈紅酒綠的漩渦裏，完全無法自拔。如今看清這個無情現實的社會後，過去我用幻影編織成的美夢，完完全全的消失了。

我覺得自己生活在怨毒、猜忌、殘殺的氣氛中，有一種莫名的壓迫，導致我犯下這個無法抹滅的錯誤。如今想起，縱有千言萬語，也不知如何陳述我心中的悔恨。請問：如何改變自我的現狀？如何創造自己的生活？如何美化自己的人生？

祝您永遠快樂的活在宇宙天地中，替人類開創美滿的人生旅程。

熊銀才敬上 七十九、七、一

銀才先生：

人是記憶的動物，人也是由往昔種種思想行為造就出來的「今日之我」，所以我認為，要完全忘掉過去的悲歡，完全消除它，是不可能的。我猜想，您的一生受過太多痛苦，才會不願再記得過去。

人，在看不見前面的希望和光明時，往往控制不住的跌進回憶裏不能自拔。回憶並不傷人，但如果回想太多而鑽起牛角尖來，那就很苦了，因為我們不能改變已經發生過的事。

銀才先生，我們來做一種「腦力訓練」的試驗好不好？如果我們又在回想過去，那麼就給自己一個限定時間，告訴自己：「好，這些悲歡往事我再想一個月，就不去想它了。

一個月零一天開始的那一刻，我一定不再去想這件事了。」

我們把時間放得很寬，一個月，一年，都可以。在這個期限中，我們反覆的為那「不再想往事」先做暖身運動，一再提醒自己——我們是有潛能的，我們可以控制自己，包括思想。那些令我們痛苦的往事，一定可以透過自己而淡化。於是，試試看，想想未來當做的事，把往日擠出我們的思想空間。人的思想是不停止的，回憶如果不被未來所取代，它是不容易離去的。「未來並不遙遠，下一分鐘、下一個小時、明天……都是未來。」

我也曾有過很長的時間，生命是停頓而麻木的，完全無法控制的跌入往事中悲傷，那時候方才明白了一個行屍走肉的生命是怎麼回事，當時我身邊無父無母無子無女。後來我開始去學習種菜，由翻土這件最基本的事開始，直到去看「農化」的參考書。我從清早做到黃昏，自己家中的菜園種遍了，就到朋友的田裏去翻土收穫，什麼都做，流汗流血（手會破）的去做，三年後的一個黃昏，我不知不覺在田裏哼起歌來。當我意識到居然是自己在唱歌時，我將鋤頭一丟，哭起來了，那種活過來的驚喜至今難忘。當時我也做木工、修汽車、接電話、粉刷……書籍不大能看，只能用勞力的事來幫助自己。

陸正的父親，在孩子被綁票而去，不知生死的強烈痛苦裏，也是去推土、運沙，用勞力來鎮靜他自己。我們的方法是一樣的。

銀才先生，我們開始「訓練腦力」的第一步，是把往事的鍵鈕關掉，一定要對抗自己的軟弱，然後試著去做事。把我們的心，放到另一件事情上，專心的去做，只對付今天要做的事，把它做得完美。雖然您目前身繫囹圄，可是您的手沒有被綁起來，那麼先從您的舖位開始，一分一寸都不放過的去打掃，這裏面存在著一份行為的意義，不能輕視。目前您在「行刑累進處理條例」之下生活，那麼當然進入獄中工廠去做手工，請不要忽視這種好機會，「盡力去學習、勤力去實行」，那時候，請您一定跟自己向上的心合作，將那些令您痛苦的舊恨，讓位給目前的工作。您會發現，工作很有意義。

很對不起，您的許多問題我都無法回答，只有將我個人的經驗和陸先生的比方與您分擔。「坐而言不如起而行」，想了一輩子要做一個善良的人，卻沒有行為去配合，不是等於空想嗎？我們想一下，就去做一下，再想一下，再做一下，試試看這個方法。要有決心。

已寄上淺顯的《簡易般若心經》請您消遣。另代訂《講義》一年。謝謝來信。您的信是仔細謄過才寄出的，可見心苦。感謝。不要對人性失望傷心，世上善良的人還是多數，如果看不清這一點，活著很痛苦，也沒有希望。歡迎您做我的朋友，私下來信。

三毛

跳一支舞也是很好的。

各位親愛的朋友：

新年快樂。對於這全新的西元一九九一年，我的心裏充滿著迎接的喜悅，但願各位朋友也是同樣的心情。

既然我們這一期面對的是一個全新的年代，我很想暫時放下那一批信件，給這園地一次不回信的假期。當然，這只是一次例外，下個月我們又將以通信的方式溝通了。

在這一九九一年的開始，很想跟朋友們分享三個電影故事，雖然它們都不算新片子了。想和朋友們討論的一部電影叫做《老人與貓》（Harry and Tonto），導演是保羅．麥梭斯基（Paul Mazursky）。故事很簡單：時光流逝，歲月催人老去，電影中的主角夏利，一點一點喪失記憶，但是他對朋友金姬說，他一生最愛的人是謝西。他問謝西：「你還記得我嗎？」謝西答記得，卻把他喊做「阿力」。

失去了記憶使大家都有些尷尬，謝西突然說：「那我們跳舞吧，既然沒有了過去，現在跳一支舞也是很好的。」

這時候導演麥梭斯基只是淡淡的把剛才推進去的鏡頭徐徐拉出來，讓金姬隔著玻璃看著裏面的一對老人跳舞。

接下來，我們看見年高的夏利外出旅行，在路上他認識到更新鮮的事情；第一次走這麼遠的路，令他驚奇、愉快，夏利可以感受到更多閱歷的增加，使他生命再有突破，而不再困守成規。

片頭開始的時候，導演讓我們看見寒冷骯髒的紐約城市以及淒苦的老人。到了片末，畫面上清朗明媚的天氣，有沙灘和海水，到處充滿活力，沙灘上還有一個小孩子在築著城堡，夏利跟小孩相視、點頭，會心微笑。

道路、老人，這兩件事情構成一個形式上的象徵：我們可以解釋為人生並沒有休止符，即使在人最後的歲月裏，還是可以繼續學習新鮮美好的事情。

基本上這是一部豁達的電影，可以看見導演自由自在抒寫心裏的感覺，對於「時間」的解釋，也充滿著樂觀與熱情。

我們再來談談另一部電影《穆里愛》（Muriel），導演是阿倫雷奈（Alain Resnais）。

《穆里愛》中兩個重要人物：阿方索和貝奈德，他們一再用懺悔的聲音、無奈的情懷，來對待流逝的日子。阿倫雷奈是一個固執的導演，他在作品中反覆描畫時間和人的關係與特性。戲中每個人都糾纏著往日的錯誤和失落，將現在完全花費在填補過去的空白中。他們不肯活在全新的感覺裏，他們一切留待追憶。時間，在《穆里愛》這部電影中，等於將現在轉化為過去的救贖和補償、重複、反照、封閉，而不是開展、繼續。

人在回憶中徘徊，也在裏面撲空。

這也是人對待「時間」的一種看法與應用。

再說，義大利二次大戰之後的新寫實主義大師，導演盧契諾．維斯康堤（Luchino Visconti）一部名片：《浩氣蓋山河》（The Leopard）。

維斯康堤借用一個家族的沒落以及時代變遷的感懷，其實是對於荒漠廣袤的時間流逝感到無奈。此片是一場對於生命的觀照：有關衰老、失落，有關新與舊的更迭。新的時代取代舊的時代，年輕的生命繁衍過來，老去的空間越來越小，這一切都再自然不過了，雖然其中未嘗沒有傷感。

電影最終，蔭林納親王跪在幽暗的街道上，仰望著不知名的天邊星宿說：「什麼時候我才能得到你的邀請，赴你確實的存在？」情懷雖是閉鎖，但大勇和徹悟的人已經很清楚這場人生的每一步過程而不抗拒它。

以上三位電影導演所詮釋的三種「時間」態度，請讀友們自己選擇、分析。再請藉此看看我們是如何在對待時間——也就是我們的生命。

願意將這三部電影的人生態度，做為我們迎接一九九一年時代來臨的個人取向。

至於目前的我嗎？我跟在《老人與貓》那個夏利的後面，是另一個謝西。既然過去的已經過去了，那麼現在來跳一支舞也是很好的。

親愛的朋友，人生永遠柳暗花明，正如曹雪芹的句子——「開不完春柳春花滿畫樓」。

生命真是美麗，讓我們珍愛每一個朝陽再起的明天*。

＊原書註：以上三部電影分析，參考羅維明的著作《電影就是電影》。志文出版社出版。

三毛一生大事記。

● 本名陳平，浙江定海人，一九四三年三月二十六日（農曆二月二十一日）生於四川重慶。

● 幼年期的三毛即顯現對書本的愛好，小學五年級時就在看《紅樓夢》。初中時幾乎看遍了市面上的世界名著。

● 初二那年休學，由父母親自悉心教導，在詩詞古文、英文方面，打下深厚的基礎。並先後跟隨顧福生、邵幼軒兩位畫家習畫。

● 一九六四年，得到文化大學創辦人張其昀先生的特許，到該校哲學系當旁聽生，課業成績優異。

● 一九六七年再次休學，隻身遠赴西班牙。在三年之間，前後就讀西班牙馬德里大學、德國哥德書院，在美國伊利諾大學法學圖書館工作。對她的人生歷練和語文進修上有很大的助益。

● 一九七〇年回國，受張其昀先生之邀聘，在文大德文系、哲學系任教。後因未婚夫猝逝，她在哀痛之餘，再次離台，又到西班牙。與苦戀她六年的荷西重逢。

● 一九七四年，於西屬撒哈拉沙漠的當地法院，與荷西公證結婚。

● 在沙漠時期的生活，激發她潛藏的寫作才華，並受當時擔任聯合報主編平鑫濤先生的鼓勵，作品源源不斷，並且開始結集出書。第一部作品《撒哈拉的故事》在一九七六年五月出版。

● 一九七九年九月三十日，夫婿荷西因潛水意外事件喪生，三毛在父母扶持下，回到台灣。

● 一九八一年，三毛決定結束流浪異國十四年的生活，在國內定居。

● 同年十一月，聯合報特別贊助她往中南美洲旅行半年，回來後寫成《千山萬水走遍》，並作環島演講。

● 之後，三毛任教文化大學文藝組，教〈小說創作〉、〈散文習作〉兩門課程，深受學生喜愛。

● 一九八四年，因健康關係，辭卸教職，而以寫作、演講為生活重心。

● 一九八九年四月首次回大陸家鄉，發現自己的作品，在大陸也擁有許多的讀者。並專誠拜訪以漫畫《三毛流浪記》馳名的張樂平先生，一償夙願。

- 一九九〇年從事劇本寫作，完成她第一部中文劇本，也是她最後一部作品《滾滾紅塵》。
- 一九九一年一月四日清晨去世，享年四十八歲。
- 二〇〇〇年七月三毛遺物入藏國立文化資產保存研究中心籌備處。現址為台南市中西區中正路一號國立台灣文學館。
- 二〇〇〇年十二月在浙江定海成立三毛紀念館，由杭州大學旅遊研究所教授傅文偉夫婦籌劃。
- 二〇一〇年《三毛典藏》新版由皇冠出版。
- 二〇一六年十月二十六日三毛作品《撒哈拉歲月》西班牙版與加泰隆尼亞版，於西班牙出版。
- 二〇一六年十二月二十日國立台灣文學館出版《台灣現當代作家研究資料彙編．89．三毛》。
- 二〇一六年至二〇二〇年三毛書出版九國不同翻譯版本。
- 二〇一七年四月二十日中國大陸浙江省舉辦「三毛散文獎」決選及頒獎典禮。
- 二〇一九年美國《紐約時報》（New York Times）推文介紹這位被遺忘的作家三毛，同年

Google於三月二十八日選取三毛為華人婦女代表。

● 二〇二一年《三毛典藏》逝世30週年紀念版由皇冠出版。

國家圖書館出版品預行編目資料

把快樂當傳染病／三毛作．-- 二版．-- 臺北市：皇冠，2021.01；面； 公分．--（皇冠叢書；第 4906 種）(三毛典藏；07)
ISBN 978-957-33-3653-2（平裝）

863.55　　109020549

皇冠叢書第4906種
三毛典藏 7

把快樂當傳染病

作　　者—三毛
發 行 人—平雲
出版發行—皇冠文化出版有限公司
台北市敦化北路120巷50號
電話◎02-27168888
郵撥帳號◎15261516號
皇冠出版社(香港)有限公司
香港銅鑼灣道180號百樂商業中心
19字樓 1903室
電話◎2529-1778　傳真◎2527-0904
總 編 輯—許婷婷
美術設計—嚴昱琳
著作完成日期—1990年
二版一刷日期—2021年1月
二版四刷日期—2023年9月
法律顧問—王惠光律師

讀者服務傳真專線◎02-27150507
電腦編號◎003207
ISBN◎978-957-33-3653-2
Printed in Taiwan
本書定價◎新台幣300元/港幣100元